Juvenilia

青春的诗

[意] 乔祖埃·卡尔杜齐 著
杜铁清 译

人民东方出版传媒
People's Oriental Publishing & Media
東方出版社
The Oriental Press

图书在版编目（CIP）数据

青春的诗 / （意）乔祖埃 · 卡尔杜齐著；杜铁清译 .
北京：东方出版社，2025. 9. — ISBN 978-7-5207
-4284-9

Ⅰ. I546.25

中国国家版本馆 CIP 数据核字第 20255L9G26 号

青春的诗

QINGCHUN DE SHI

作　　者：［意］乔祖埃 · 卡尔杜齐
译　　者：杜铁清
责任编辑：王晶晶
出　　版：东方出版社
发　　行：人民东方出版传媒有限公司
地　　址：北京市东城区朝阳门内大街 166 号
邮　　编：100010
印　　刷：鸿鹄（唐山）印务有限公司
版　　次：2025 年 9 月第 1 版
印　　次：2025 年 9 月北京第 2 次印刷
开　　本：880 毫米 × 1230 毫米　1/32
印　　张：9.5
字　　数：180 千字
书　　号：ISBN 978-7-5207-4284-9
定　　价：39.80 元
发行电话：（010）85924663　85924644　85924641

作家小传

乔祖埃·卡尔杜齐（Giosuè Carducci，1835—1907），1835年7月出生于意大利的韦西利亚，父亲作为一名医生长期在卢卡附近的乡村行医。1849年，卡尔杜齐全家迁往佛罗伦萨，卡尔杜齐本人进入一所教会学校就读。1856年，卡尔杜齐以论文《论18世纪普罗旺斯文化对意大利抒情诗的影响》从比萨大学文学系毕业，该论文在当时得到了业内人士的高度关注。随后，他进入瓦尔达诺中学担任教师，并且在此期间成立了一个以反对极端浪漫主义为目标的诗歌团体，同时开始了诗歌创作。一年之后，卡尔杜齐被迫从瓦尔达诺中学辞职返回家中，一度以家庭教师、出版社编辑等各种不同的职业谋生，也曾经在皮斯托亚中学短期任教。1860年，博洛尼亚大学聘请卡尔杜齐为意大利文学教授，从此，卡尔杜齐在博洛尼亚大学任教四十多年直至1904年退休。1890年，卡尔杜齐当选为意大利议会终身议员。

卡尔杜齐的诗歌才华很早就显露了出来，中学时期卡尔杜齐就创作了《致上帝》（1848）、《致母亲》（1849）、《生命》等诗歌。19世纪五六十年代为诗人创作前期，也是重要创作期，他相继发表了诗集《声韵集》（1857）、《青春的诗》（1850—1860）、《轻松的诗和严肃的诗》（1861—1871）及长诗《撒旦颂》（1863）。其中《青春的诗》获得了人们的高度认可，该诗有着浓郁的古典主义风格，既描绘了诗人对美好未来的渴望，又反映了他对于祖国现状的焦虑。他的长诗《撒旦颂》则是另外一部具有重要意义的作品，诗人在诗中将一直以来被人们看作魔鬼的撒旦当作歌颂的对象，将撒旦视为驱使人们进步的动力，将撒旦看作与封建、愚昧、宗教、野蛮做斗争的伟大英雄，体现了诗人与旧势力斗争到底的决心和追求民主科学的进步观念。

1870年，意大利成功获得统一，民族复兴运动结束。卡尔杜齐在这一时期发表了大量诗作，一方面对那些为了民族独立和国家统一英勇献身的英雄给予了高度赞扬，另一方面对大资产阶级和封建阶级联合起来窃取了革命果实而广大人民仍生活在贫困之中的现状表达了强烈不满。这一时期他的主要作品包括《新诗抄》（1861—1881）、《野蛮颂》（1877—1889）等。

卡尔杜齐对于独裁的敌视，并不代表他对统治阶级的所有人都失去了客观的评价。他曾经创作了《致女王》和《诗琴和七弦琴》来表达对意大利王后玛格丽塔的崇敬和赞颂。对此，很多心胸狭隘的共和党人抨击他背叛了他们的事业，然而，卡尔杜齐对此给予了严正的驳斥。

除了是一位诗人，卡尔杜齐还是一位著名的文艺批评家、语言学家。经过四十年的刻苦研究，卡尔杜齐完成了学术专著《意大利民族文学发展史》。这部学术专著在意大利文学史上有着举足轻重的地位，一直以来都是人们学习意大利文学所必须拜读的著作。

卡尔杜齐作为一位诗人，对意大利文学做出了卓越的贡献。他秉承了福斯科洛、蒙蒂等古典诗人的艺术风格，创立了新古典主义诗歌体系，消除了封建势力、宗教势力在诗歌领域中的流毒，用一种新的诗歌形式歌颂了意大利自1850年以来的民主革命潮流。也正是基于此，卡尔杜齐的诗歌被誉为意大利19世纪诗歌的巅峰。

1907年2月16日，刚刚获得诺贝尔文学奖两个月的卡尔杜齐于博洛尼亚病逝。

授奖词

瑞典学院常任秘书　*C.D.* 威尔逊

今天，在众多的诺贝尔文学奖候选者中，瑞典文学院决定将奖项颁发给一位伟大的意大利诗人。瑞典文学院长久以来对这位诗人保持着一贯的关注，这个名字在文化界也早已如雷贯耳。

对于意大利，北欧人一直为之着迷，无论是其悠久的历史，还是其灿烂的文化艺术，甚至是那舒适的气候，都会让北欧人倾心不已。由于征服古罗马之后意大利才得以统一，所以以前永恒之城对北欧人来说是可望而不可即的。然而，在到达罗马之前，依然有众多美景足以让游客留步，亚平宁山脚下的博洛尼亚便是这样一个地方。我们通过尼康德尔的《恩佐之歌》就能够对博洛尼亚的埃特鲁斯坎城有一定的了解。

博洛尼亚是一座散发着学术气息的城市，城市中那所著名的大学，在意大利文学史上有着举足轻重的地位。如果说，曾经这所大学因为它具有法学的权威地位而享有盛誉的话，今天它将因为诗歌而被世人所知，诺贝尔文学奖获得者乔祖埃·卡尔杜齐就代表着那里诗歌艺术的巅峰水平。

1835年7月27日，卡尔杜齐出生于意大利的韦西利亚。他在他的自传里为我们描述了很多他青少年时代颇为有趣的活动。

然而要想再深入了解他的天才和思维是怎样成长的，我们就需要深入了解他的父亲米克勒·卡尔杜齐大夫。米克勒大夫是一位烧炭党人，多次参加了争取自由的政治活动。同时，卡尔杜齐的母亲对他的影响也不容小觑，这是一位极富教养且有着鲜明个性的女人。

米克勒大夫在卡斯特尔罗当了一名医生，而诗人的少年时代是在多斯加·马里莫度过的，父亲教导诗人开始学习拉丁语，这也成为诗人后来最喜爱的学科。卡尔杜齐的父亲强烈地崇拜曼佐尼①，然而这种崇拜没有对卡尔杜齐产生持续影响，对这位伟大的意大利作家，卡尔杜齐后来强烈反对他的思想。在此期间，卡尔杜齐还陆续学

①曼佐尼（1785—1873），意大利诗人、剧作家，意大利浪漫主义的重要代表，代表作为历史小说《约婚夫妇》。

习了《伊利亚特》《伊尼德》，塔索的《解放了的耶路撒冷》，罗林[①]的《罗马史》以及梯也尔[②]的诸多法国革命著作。

那个时代，政治风云变幻莫测，也使得这个年轻人的思想日益激奋，在充满压迫和动荡的日子里，对于昔日自由的向往日趋强烈，这种精神也驱使国家逐渐走向统一。

小时候的卡尔杜齐就是一个坚定的革命者。就像他的自传中描述的那样，他曾经和小伙伴们在游戏中建立了一个微型共和国，设置了古雅典式的九人执政官或古罗马式的执政官和护民官，由他们来治理这个微型国家，国家内也会争吵不断。革命成为理所当然之事，内战便总是不会避免。一个自称要越过鲁比科内河[③]的恺撒，被年轻的卡尔杜齐发动的攻击打得落荒而逃，他们的共和国也因此被拯救。然而，这个小小的民族英雄第二天就被回归的恺撒揍得鼻青脸肿。

当然这只是一些游戏，孩子们总会这样来玩，我们也无须过于看重。然而正是因为有这样的经历，卡尔杜齐长大以后，对于共和一直抱有深深的同情。

1849年，卡尔杜齐全家搬到了佛罗伦萨，在这里他受

①罗林，法国历史学家。

②梯也尔，法国资产阶级政治家。

③鲁比科内河，位于里米尼市附近，是意大利和高卢人的界河，公元前49年，恺撒率领军队越过鲁比科内河，由此开始了内战。

到了很好的教育，学习了列奥巴尔迪[①]、席勒和拜伦的作品。不久，他也开始尝试创作讽刺性的十四行诗，等到他在比萨的斯库拉、诺曼、苏帕里奥学习的时候，已经深深地沉醉于此。毕业以后，他在瓦尔达诺成了一名修辞学教师。后来，当他前往阿雷佐高中任教时，因为被认为思想过于激进，当时的大公国否决了这一任命。好在不久，卡尔杜齐还是成了庇斯托亚古典中学的一名希腊文教师。直到最后，他成为博洛尼亚大学的教授，并且在此后很久一直在那里任教，也成了学校的骄傲。

这只是卡尔杜齐一生的概略介绍。在他的一生中，斗争精神随处可见。例如，他曾经被博洛尼亚大学停职，但他依然没有停止对很多意大利作家的抨击。生活中卡尔杜齐也不是一帆风顺，兄弟但德的自杀身亡是他一生众多坎坷中最让他痛心的事，好在他有完美的家庭，夫人的爱情与子女的敬爱让他从中获得安慰。

卡尔杜齐的一生一直在持续关注着意大利为自由而展开的斗争。他是一个充满热忱的爱国者，对于这场斗争一直保持着高度关注，为这一伟大事业的任何成就感到欣喜若狂，也为阿斯普罗蒙特失败和蒙塔纳[②]失败痛心疾首。

---

①列奥巴尔迪，意大利诗人。

②蒙塔纳，罗马省的一个小城市。1867年11月3日，加里波第带领军队在此处与法国军队和教皇军队发生激战，最终由于双方实力悬殊，加里波第解放罗马的斗争只能宣告失败。

当意大利议会的行为与他希望看到的行为发生分歧时，他也为之痛心。

事实上，在他看来会推迟意大利统一的任何事件都会让他痛入心扉。他从不是一个安于等待之人，总是渴望结果马上出现，对于外交家们的拖延和迟钝他十分反感。

当然，他创作的大量诗篇是值得我们高度重视的。此外，尽管卡尔杜齐的诗作让他获得了巨大的声誉，但这也绝不能掩盖他在历史和文学批评方面取得的成就。

《青春的诗》（1850—1860）正如书名一样，收集了卡尔杜齐年轻时期的诗篇。这些诗篇都有两个深深的印记：一是拥有完美的自然和古典格调，比如诗集中那些致敬太阳神阿波罗和月亮神狄安娜的诗歌；二是这些诗作无一不流露出深刻的爱国之情。在他看来，意大利统一的最大障碍就是天主教会和教皇政权。

作者用了大量诗篇来歌颂在古罗马和法国大革命中的英雄们，诸如加里波第、马志尼等，用来对抗外来异教。他常常会因为意大利令人失望的局势而陷入深深痛苦，他总是为那些古代美德和高尚事业的消失感到深深担忧。

正是因为这种痛苦感情，卡尔杜齐常常用激烈的言论去攻击一些作家和人物。在与他们的论战中，卡尔杜齐往往言辞激烈。然而在《青春的诗》中也不乏充满积极向上之情的一些诗篇，比如歌颂伊曼纽尔二世的，作者是在1859年写下这首诗的，当时意大利与奥地利大战在即。在诗中，诗人热情地致敬这位高举祖国统一旗帜的伟大君主。

《马盖特》和《公民表决》也是这种极具爱国之情的作品，诗中也再次表达了对伊曼纽尔二世的歌颂。在《青春的诗》中，那首描写萨伏依十字架的诗堪称最优美的。

随后，他又发表了诗集《轻松的诗和严肃的诗》（1868），这些诗篇大多是在1861—1871年创作的（1881年修订），其中的很多诗作都流露出悲伤之情。一方面因为罗马迟迟未能征服，另一方面诗人对当时统治者的政策颇感失望，那些政策大多与诗人激进的情感相对立。那时，形势的发展常常远远落后于诗人的渴望。不过，这本诗集中依然有很多让人沉醉的诗篇，从中总能感受到14世纪诗作的影子——卡尔杜齐对那个时期的诗极为推崇并且有着深刻的理解，比如《白色舞会之诗》和《为了宣告意大利王国的建立》。

然而，《新诗抄》（1861—1881）的发表（早期选本）和由三部分构成的《野蛮颂》（1877—1889）的完成，才真正标志着卡尔杜齐的抒情诗步入完全成熟阶段，构成了他完整的诗作风格。我们通过这些诗篇，感受到的不再是一个高傲之人，不再仅仅是一个战士，化名为“耶诺特奥·罗马诺”不断经历着血与火的战争，感受到的只是温馨和甜蜜，似乎在此时诗人的个性完全转变。在《诗与韵律》中，他用极其优美的旋律，发出了对韵诗之美的由衷赞叹，其结尾的语言尤其能够代表卡尔杜齐的诗歌特点。诗人对于自己的天性十分了解，他将其看作是第勒尼安海。他不会让不安之情永远占据自己的心灵，在《五月牧歌》中处处洋溢着这样的欢乐之情。《晨》和《古希腊之春》都是十分优美的诗篇。

《新诗抄》中还有一组对法国大革命的颂歌，名为《怒潮》，以诗歌的眼光来看，并不具有太高价值。

但是《野蛮颂》则将诗人的潜力完全发挥出来了，这部诗集共有三个部分，分别是1877年、1882年和1889年诗作的合集。

尽管这些诗作的形式受到了很多批评，但这些批评也确实有成立的理由。在这部诗集中，卡尔杜齐大多使用了一种古典的旋律，但是又为其赋予了一种彻底的变化，这让那些对古典旋律早已习惯的人感到无法接受。但是就诗篇的内容来说，绝大部分都是十分优秀的，甚至可以说《野蛮颂》中的一些诗篇是卡尔杜齐的巅峰之作，比如《米拉马雷》和《秋晨的火车站》。在《秋晨的火车站》

里，诗人描述了一种极富韵律的忧郁感情，这种感情只能产生于高雅的灵感。在《米拉马雷》中，诗人颂扬了不幸的马西米利亚诺皇帝，颂扬了他短暂的墨西哥冒险。这首诗获得了极大的推崇，一方面是因为诗中饱含悲悯情绪，另一方面也因为对大自然的生动刻画，尤其是用极其高雅的手法描绘了一幅亚得里亚海滨的美景。这首诗歌透露出一种浓郁的同情之心，然而卡尔杜齐几乎不会用任何同情心提及奥地利。在诗集《有韵的诗与有节奏的诗》中，诗篇《致安妮》（描述了伊丽莎白女皇的悲惨命运）也强烈地体现了这种同情之心。

卡尔杜齐，这样一位情感丰富又著作等身的诗人，在他身上必然可以看到一些不一致的因素。这也就是为什么很多人对他极为崇拜，因为毋庸置疑他是世界文学史上的一位天才巨匠；与此同时，在他的祖国也可以看到对他的不绝的批评。对此我们无须苛责，世界上绝无完人，即使是最伟大的人也是如此。

然而，世人对他的批判并非来自他强烈的共和倾向，尽管这种倾向颇具热情，但这仅是个人观点，没有人拥有将自己的政治观点强加在他人头上的权利。而且，随着时间的推移，卡尔杜齐对于君主制的敌视日趋淡化，甚至他从来没有将王室的存在看作是意大利获得独立统一的障碍。在卡尔杜齐看来，意大利王后玛格丽塔应当获得所有政党的尊重。对于这位王后的诗歌造诣，他也屡次提到，其中《致女王》就是对这位王后的一首美丽的颂歌，此外，诗人还在《诗琴和七弦琴》这首伟大的诗作中，热情地颂扬了这位高贵的女性。一些坚定的、对他抱有成见的共和派人，因为这首诗作，而将卡尔杜齐看作共和事业的叛徒，但诗人对此的答复是，一篇对一位高贵夫人的颂歌无关乎政治，同时他也拥有独立的思考和写作意大利王室及其成员的权利，无疑诗人的回答毫无错误。

实际上，诗人的很多朋友与追随者反对他还有另外的原因。诗人总是对那些与他持有不同政治观点的人展开强烈的抨击。

事实上，那些因此而批评卡尔杜齐的言论也并非没有根据。而诗人通过《自白和斗争》以及其他一些作品来为自己做出的辩解倒似乎没什么道理。在这些作品中，或许可以找到作者所持立场的解释，却不能用来证明作者所持立场的正确。

说到卡尔杜齐的异教倾向，也是完全能够理解的，对于一个新教徒来说这确实无可厚非（卡尔杜齐是一个虔诚的新教徒）。卡尔杜齐作为一个激进的爱国者，在他看来意大利获得自由的最大障碍就是掌握了世俗政权的天主教，基于对一些天主教教义和一些严格的天主教观点的反对，他将这种敌视波及天主教教会本身上。

但是，尽管如此，我们也不能忽略诗人从他诗篇中透露出来的宗教情感，《波伦塔教堂》的结尾流露出来的情感就与《在一所奇特教堂里》完全不同，仅凭此处就无法让人忽视诗人的宗教情感。

尽管那首《撒旦颂》（1863）锋芒毕露，但是如果仅凭此就将卡尔杜齐看作又一个波德莱尔[①]，就认为他是让人生厌、有害世人的“撒旦派”，那就大错特错了。在《撒旦颂》中，诗人所说的撒旦只是一个名字而已，他更想表达的其实是“魔王”[②]：他为我们带来思想和文化的自由，他是那些妄图消灭自然法则的禁欲主义的最大敌人。在这首诗中，他强烈抨击了禁欲主义，只是一首赞美萨沃纳罗拉[③]的诗还是让人听起来无法接受，始终也颇具矛盾之处。不过在近些年，卡尔杜齐本人对这首诗也持有否定态度，认为这篇诗作确有“庸俗平淡”之感。对着

---

①波德莱尔（1821—1867），法国诗人，一位法国象征派诗人的先行者，现代主义的创始人之一。其最著名的作品《恶之花》，表达了作者对现实的强烈不满，并且采取绝望的反抗态度。对于他的这部作品，一直以来都有很大的争议，褒贬不一。

②魔王，原文中意思是“发光者”，在希腊神话中叫作“路喀斐耳”或者“路锡福”，是司职天体之神，在中世纪也成为撒旦的名字的一种。

③萨沃纳罗拉（1452—1498），一位奉行严格禁欲主义的修士。在美第奇家族从佛罗伦萨被赶走后成为佛罗伦萨的领袖，后来受到了教皇的驱逐。

一首被作者自己否定的诗再持续喋喋不休，就显得毫无意义了。

卡尔杜齐还具有不凡的文学造诣。他是一位天才，他从古典著作、但丁和彼特拉克[①]的著作中汲取了充足的营养。尽管不是浪漫主义者，但他对古典理想与彼特拉克的人文主义一直深怀敬意。无论对卡尔杜齐怀有何种看法，但有一点毋庸置疑：他是一位伟大的诗人，是一位渴望自由、充满爱国情操的诗人。他从不会为了个人利益而让步，从不会为淫威暴力所屈服。他是一位有着崇高理想的伟大诗人。

他的不朽诗作，他优美的抒情诗，以其独具的魅力，让他当之无愧地获得诺贝尔文学奖。

瑞典文学院深知，他早已是一位誉满天下的伟大诗人，在此也向他致以最崇高的敬意，也对他曾经获得的荣誉致以崇高的敬意。

①彼特拉克，意大利文艺复兴时期的伟大诗人。

目录

新诗抄

野蛮颂

有韵的诗与有节奏的诗

青春的诗

空中的朝圣者[①]，雀跃飞旋

空中的朝圣者，雀跃飞旋。
你飞到南方去，在冬雨来临之前，
路过尼罗河，
源自意大利的玫瑰呈现在你的眼前，
飞往故土寻找旧居安眠；

尽管你观览了诸多景色，
但你的心间仍充满点点忧伤，
即使你飞过广袤的大地和澎湃的海洋，
第一个巢窠仍是你心中的挂念；

①空中的朝圣者，指燕子。诗人在本诗中想通过燕子来问候故乡。

当你飞抵亚平宁，
途经俯视大海的山峦，
深色橄榄树和白色大理石一一显现，

请你将山谷那座小屋与花园游览。
假如新房主同意，
朝圣者啊，请代我向他问好。

1856年2月2日

致恩里科·南乔尼

这里有和暖的阳光、愉快的黄昏，
密林间清风拂过，林涛阵阵，
淙淙的泉水
往山下苍翠的小径流去。

启明星在霞光中沉醉，
在宁静深邃的天穹闪耀其美，
幽径沐浴在明月下，
泉水和小湖的心扉也有其快乐的倒影。

这就是我的心愿。我希望

能安静地伴随你[1]左右
在这静谧的山水间游览。

这般静谧：我呼唤，唯有你在我的心田，
现在我与你相距遥远，
我的脑海中只能出现我所爱的女子的容貌。

1852年12月

①这里的“你”是诗人青年时期的同学恩里科·南乔尼。本诗是诗人在锡耶纳附近度假时所写。

我的船

我的航船，孤单前行
从声声哀鸣的鸥群中穿过，
巨大的海浪撞击着船身，
天空电闪雷鸣，一刻不停。

尽管奋起拼搏，无奈
却被风浪消竭，
只留下泪迹斑斑，
不由想起昔日美丽之海滨，
而今却烟消云散，消逝
于无际海面。

但我的心依然回首不停
张望船尾的大海和天空，
我的高歌把狂风的呼啸和桅杆的响声都盖住了：

“啊，失望和回忆，我们呼喊不停，
“给我们忘忧的港湾，
“带我们向死亡的白色礁石前行。”

1851年夏

致某位山中诗人

你在一只奶桶中出生，
并在那里诉说诗情，
韵脚如石头生硬，
砸开胡桃也颇显轻松。

就连毛驴和小丑
都对它们疑虑重重，
平底锅把锅盖都笑翻了，
大桶也吐出了牛奶。

你大声吟咏，

登上平多[1]又生自豪之情；
阿波罗却说无赖正是你的别名。

你跨上驴子驱驰纵横，
身旁是像熊一样的仆役，
论战诗的激情。

你将小暖炉抓在手中，
刚要向对手展开进攻，
却被驴子抛扔，

“我们应该平等。”
你翻来覆去，大力发声，
“牲口不驮牲口，我们是手足弟兄。”

1851年8月1日

①平多是希腊的一条山脉。这里是说这位所谓的诗人梦想成为诗人。

轻松的诗和严肃的诗

致阿诺河[①]谷

许久未见托斯卡纳的山冈，
你将我的歌酝酿，
阳光和暖，月桂树下，
溪水伴着我的歌在心间流淌，

我的眼泪并不来自那里，
其他记忆都已不见，
你笑着仰起头，
那山冈就是我的兄弟的所在之处[②]。

①阿诺河是意大利的一条主要河流，流经佛罗伦萨，在比萨附近汇入大海。

②1857年11月4日，诗人的哥哥自杀，埋葬于托斯卡纳的山下。后来，诗人的父亲死后也埋葬在那里。

你支撑着多么香甜的希望！
似乎美好的过往一去不返
飞向未来，我的梦想展翅飞翔！

沮丧与遗忘间，时光匆匆流淌，
他才二十岁，
便已沉睡在大地与绿草之间。

1866年10月

致入侵墨西哥者

这暴君的宾馆
便是痛苦不堪的百姓的监牢，
那惨绝人寰的炉火
多少人深陷其中；

欧洲，你的旗帜下面
充满着虐杀与凶残，
将你的漂亮的自由和锁铐抛到一边，
拥抱自由。

凶狠的法兰西和西班牙，
谋求商业的不列颠

为赢得胜利已准备好军舰。

那个不幸的皇帝[1]将收入牢监
把百姓和土地献给他。
人民觉醒时会创造新的世界。

1862年2月13日

① “那个不幸的皇帝”指的是马西米利亚诺（1832—1867），他是哈布斯堡大公，1864年4月，他从的里雅斯特启程，去墨西哥做皇帝，当地阿兹特克人表示强烈反对，1867年被杀。诗中对西班牙皇帝的预言日后成真。

撒旦颂

所有生命来源于你，
你是遥远的源头，
精神与物质由你缔造，
还包括情感与理智；

当美酒盛在杯中，
酒香四溢又闪烁光明，
好像窥见灵魂一般
透过眼睛；

当阳光温暖
大地也笑语盈盈，

人们交谈甚欢
彼此诉说衷肠，

太阳和大地拥抱彼此，
群山欢腾不息，
平原肥沃
也喜悦不已；

此时我把冒昧的诗章
献给你，
请你，撒旦啊
你这节日之王。

圣水杯到一边去，
神父，停下你的驱魔咒语。
在你面前
撒旦不会后退毫厘。

瞧，大天使米迦勒，
握着一把
生满锈的剑，
而那位虔诚的
羽毛尽失的大天使
已坠地而亡。
在耶和华手里
闪电也有十足的冷意。

星辰转瞬即逝，
流星消遁如镝，
天使们
消失在天际。

在一直保持着清醒的
物质之间，
唯有撒旦
活了下来。

他拥有万象之主的威严，
他拥有至尊的大权，
他黑亮的眼睛，
喷射出颤抖的火焰，

含情的双眼
目光坚定如电，
多情中透着挑战，
显得无比勇敢。

在欢乐的酒液里
他眼底闪现异彩，
把握片刻的欢乐
令它不再消衰。

它能使短暂的生命
再次焕发青春之容，

能将痛苦驱散，
将爱情埋在心中。

啊撒旦，你住在
我的诗章中，
你翻腾于我的心胸，
对于上帝、主教
以及高不可攀的王权
你全部藐视；
如一道闪电
将其内心击穿。

因为你，阿利曼①，
阿多尼斯，阿斯塔尔忒②，
才有了庙宇塑像，
才有了绘画和文学。

---

①阿利曼，波斯传说中的魔王。
②阿斯塔尔忒，腓尼基传说中的丰收女神，爱情和婚姻由她掌管。

爱奥尼亚海面
和风细细的温暖，
维纳斯
在海上显现。

叙利亚山间的树木
在你面前摇曳不停，
神圣的维纳斯
再次升起：

人们将歌舞欢呼献于你
并且献上诚心，
少女们将爱情献于你
并标注上忠贞。

阿拉伯的棕榈树下
芳香传至天涯，

塞浦路斯的海滨
掀起一片片白色的浪花。

那个野蛮的拿撒勒人[1]，
为何大动肝火，
由于荒唐的筵席
冒充爱的名义。

用神圣的火炬
烧毁你神圣的庙宇，
将希腊精致的艺术珍品
弄得满地狼藉？

你被放逐远离，
却并非孤立，
在守护神之间
人们将神冠献于你。

---

①野蛮的拿撒勒人，指的是耶稣。

你徘徊不定
于女性的心胸；
感情如此炽烈
这让神和爱人拥有激情。

月光下的女巫
施以援助的法术，
治疗自然界那些
痛苦的病躯。

你胜过貌似专注的
炼丹术士，
你胜过显而易见的
巫师。

穿过阴暗的炼丹室，
走过晦气的门壁，

你终于看见
美丽的新天地。

你带着世俗之物
来到忒拜，
那可怜的僧侣
只好默默忍耐。

你的热情帮助
使阿贝拉尔分了神，
撒旦多么慈祥，
将海洛伊丝送到身旁。

阿贝拉尔穿上破旧长袍
低声祈祷：
撒旦在哭泣的挽歌声里
只有细小的声调。

维吉尔①和贺拉斯②
还有大卫的诗章；
优雅的人们
环绕在你身旁。

僧侣们穿着黑袍
令人心生害怕，
他带来了美丽的
吕柯梨丝和利切拉。

伟大的时代里
也有一些人物，
呈现于这间
小小的房屋。

①维吉尔（前70—前19），古罗马诗人。
②贺拉斯（前65—前8），古罗马诗人、文艺批评家。

撒旦啊，你用李维[①]的诗章
及其炽热的光芒，
将勇敢的执政官、护民官唤醒，
还有吵闹的大众。

亚平宁古代的光荣与骄傲
僧人的信念不屈不挠
促使你
登上坎皮多利奥。

而先知的声音，
有威克里夫[②]和胡斯[③]，
尽管燃烧起烈火，
依然不能将你们的声音湮灭。

你们的警告之声，

---

①李维，有名的拉丁诗人。
②威克里夫（1328—1384），英国宗教改革家。
③胡斯（1369—1415），波西米亚神学家，因支持威克里夫被处以火刑。

传播伴着和风：
抛去昨天的昏沉，
迎接新时代的风云。

教皇和国王
在闪电中瑟瑟发抖，
修道院里
传来反叛的怒吼。

战斗，布道，
季罗拉莫修士们在大喊：
声音洪亮
扔掉修士们的长袍。

马丁·路德
脱去教袍；
除去陈旧锁链，
人文思想永传。

火焰闪着光芒，
浓烟四处弥漫；
物质啊，将你高高举起，
撒旦已赢得胜利的辉煌。

一个美丽的妖魔
挣脱开了枷锁，
它越过海洋
它越过大地。

它像喷薄的火山，
闪着亮光，漫布浓烟，
穿过层峦叠嶂，
席卷广阔平原。

它飞过山涧，
然后藏身于

不为人知的洞穴，
进入深山幽谷。

它又一跃而现，
徘徊在一个个沙滩，
像旋风一样
奔腾向前，

如狂风一般
气浪四处扩散：
人民啊
经过的是伟大的撒旦。

他乘着奔驰的火轮①，
前往各地巡行。
从此地到彼地，
他广布福音。

①火轮指火车。

啊，伟大的撒旦，
你反抗显露勇敢，
啊，你是理性复仇的
力量之源。

让我们向你的奉献
致以崇高的祝愿！
你胜过一切教士，
引领一往无前。

1863年9月

抑扬格的诗与长短句的诗

高歌的骏马

高歌的骏马，前进吧！
向着自由命运奔驰，
穿越黑暗的遮蔽。
是否记得骏马跃起长嘶时，
奔牛向你致敬，
雄鹰向你欢呼？

你是否记得托斯卡纳寂静海滩的孤独，
种植园的灯泛着光，
天空下平原一片荒芜，
山冈令人更加心烦生疏，
林中的城市从睡梦中

翩翩起舞，

东南风来的时刻，
无花果在岩石间摇曳，
一片浅绿呈现在天海之际，
朝着守卫第勒尼安海①的巨石，
是否记得在蓝色大海的怀抱中伫立
红色帆影的婀娜？

你是否记得波普洛尼尼②、洛塞莱
和多诺拉蒂科伯爵家的高塔，
乌戈林伯爵曾敲那黑色的大门
带着盾和站在梅洛里亚③海滩的雄鹰，
但丁取下桂冠，他是在探查地狱之门？

那桥头一棵棵橡树，

①第勒尼安海，地中海的一部分，位于意大利半岛西部。
②波普洛尼尼，里窝那附近的小镇，公元前7世纪时是大城市，后来没落了。
③梅洛里亚，里窝那周边的海上礁岛。

吊桥映衬绿色悄悄耳语，
诺维拉伯爵的猎手
黄昏时站在高耸的瞭望塔上，
贪婪的鹰肆意尖叫
引得狗儿狂吠不停。

绿色的骏马在那里成长，
佩拉斯吉人[①]的巨石和第勒尼安的洞穴
是我虔诚的向往之处，
法官们与我谈话
还有他人的祝福。

你在吃草，然后奔驰，
草料由官员与祭司存放于
开垦几百年的犁沟中；
五月，你再次嘶鸣，
意大利的小镇，

①佩拉斯吉人，居住在希腊的一个古老民族，擅长建筑巨石城堡。

在拿撒勒[①]的野味中
因自由地工作而喜悦，
因收割者的歌唱而欢欣。
战马吃的大麦属于谁？
它的肌肉强健，
它的歌声豪迈。
阿波罗的兽，长有翅膀，
我把缰绳解开让你自由奔跑：
可爱的战马，让我们一起奔腾。
我们一起冲击敌人，
让他们的血染红你的四蹄；
给我们带来四月。

山冈结出硕果，鲜花装点四月，
充满爱的神圣四月，
沉思的四月。

①拿撒勒，以色列北部城市，耶稣童年生活过的地方。

云间的闪电
激励我们飞跃，
使战马和骑士飞跃江河。

让我跳下战马，
带着激情的目光，
来到托斯卡纳的土地，
来到我兄弟的墓前。
你在夕阳之下，
悠悠吃着大地的青青的草。

1872年10月

致文琴佐·卡尔德西[1]

安息吧，文琴佐，
披裹着你光荣的战衣。
阴险者与软弱者已成过去，
强大者也会被忘记。

谎言与炫耀请远离，
吵闹声也请停息。
希望我的歌声
穿越土地，抵达你的心里。

面对你那平静的心旌

①文琴佐·卡尔德西，意大利有名的爱国者，年轻时就非常热衷于政治活动，一直致力于意大利的统一。

像热闹的喇叭不停，
我不想在你的墓前
称呼罗马的名字。

你的墓孤寂萧索，
我对你心怀敬意，
我高喊："站起来吧，文琴佐，
我们一起去坎皮多利奥[1]。"

你卸去尸骨
和身上的桎梏，
你高高跳起，
罗马涅[2]的雄狮再次苏醒。

为了再见罗马，
为它奉献了激昂的词句，

①坎皮多利奥，罗马市内的小山丘，是罗马的象征。
②罗马涅，意大利中部的一个地区，首府是博洛尼亚。

为了捍卫罗马，
他们将生命捐献。

请安息吧，可怜的死者，
困难曲折仍需我们面对：
战火不断的意大利
罗马不会成为拜占庭。

1871年3月

凡尔赛

有人[①]在凡尔赛宣布：
“溥天之下，莫非王土。”
神父之后说：
“信徒们，上帝严禁偷摸。”

森林密布，清水流淌，
花间映着微笑，
姑娘们貌若天仙，
金碧辉煌，美轮美奂。

凡尔赛，你懂得

① “有人”指路易十四。

什么是压迫。
一个男人说："我要你的土地、女人和自由。"
没有一个人回应：不。

许多人走来
俯跪在地，
怯懦者拱手将鹿
献给国王。

他睡时，旁边有宠妾，
剑不离手，脚过人头，
整个法国都在
为国王守卫。

凡尔赛，他将床榻
改为祭坛，
他激动地
看着欧洲在他面前颤抖。

他是光荣、学校、价值，
他是武器、艺术、真理，
他是太阳，光照世界，
人们只能听他摆布。
如果上帝支持他或者
他支持上帝，他就会永不止步：
死者了解这些，
他们不相信忏悔的神父。

国王贪婪地从牛眼室看向外面，
世界就在他脚下；
上帝，他那可恶的追随者，
正在为国王祝福，

为瓦利埃尔[1]修女的
紫罗兰祝福，

①瓦利埃尔（1644—1710），路易十四的情妇，后为修女。

为蒙特斯庞侯爵夫人[①]的
玫瑰祝福，

为恩加迪[②]的百合祝福，
百合在曼特农侯爵夫人[③]身前枯萎：
国王的笑容
使阿龙绽放笑脸。

城市闪耀灯火，
长袍和黑帽透出光亮；
人民，在压迫中觉醒；
奋起以摆脱奴役。

人们走到一起寻找真理，
尽管胸怀不同的信仰，

①蒙特斯庞侯爵夫人（1641—1707），路易十四的情妇，之后在巴黎圣约瑟隐修院隐居，后成为该院院长。

②恩加迪，死海的一片绿洲。

③曼特农侯爵夫人（1635—1719），法国诗人斯卡龙的妻子。1660年斯卡龙去世。1675年路易十四赐她曼特农侯爵夫人称号。1683年，路易十四娶她为王后。

将康德、上帝
和罗伯斯庇尔杀死。

今天两个死者
将怜悯强烈呼吁，
深情地祈求，
另一个以当局的名义。

凡尔赛看到残酷的祭坛
还有曾经的宝座
仍坚定地支持，
那是图利埃里的废墟。

1871年9月21日

为意大利而歌

请安静下来！
月光下为什么如此喧闹？
坎皮多利奥的母鹅[①]们安静！
这是统一的意大利。

兰扎[②]先生
小心谨慎：
他想步伐坚定
按部就班。

---

①“坎皮多利奥的母鹅”是一个典故。公元前390年，高卢人夜攻罗马的几座山丘，山上的母鹅齐声大叫，罗马市民被惊醒，一起把高卢人赶走了。因此，母鹅被罗马人视为圣物。

②兰扎（1810—1882），当时的宰相，主张推行非常小心的政策。

罗马的夫人们
请保持安静：
母鹅们不要喧哗，
不要让安托内利[①]发现声响。

喧哗不断，
这些资产阶级赞歌的创造人，
保罗强大而亚米契斯[②]却令
巨头变得忧郁。

你们要什么？
你们要叫贝托尔迪诺修士[③]
还是贝尔纳尔迪诺[④]？
他们正在用新阿拉丁语
在心中酝酿。

①安托内利（1806—1876），主教，教皇庇护九世的国务卿。
②亚米契斯（1827—1908），意大利著名作家，《爱的教育》的作者。
③贝托尔迪诺修士是意大利诗人朱利奥·恺撒·克罗切（1550—1609）作品中的一个人物角色。
④贝尔纳尔迪诺·赞德里尼（1839—1879），意大利作家、翻译家。

公鹅为了布雷诺只是白费，
警卫已经站立。母鹅，
我十分伤心，我进来时
他已离开。

我背着步兵的背袋
昨天在图尔科斯：
今天我的孩子们
也是一身骑兵的穿戴。

头戴小帽，
俯跪在地，
告别崇拜的尘土
开始新的崇拜。

我用嘴
亲吻罗马的女儿，

王冠陷入泥泞，
星星低首。

为了清除不幸，
别人让我去做，
我努力修补
特洛伊的遗产。

一切事物，
都在缓缓消逝。
尼科洛 · 马基雅维利教导我
血和水不一样。

你们给母亲让路吧，
母鹅们，我要去坎皮多利奥。
让克里斯托
加入罗马公民的行列。

我要抓住道义的外衣，
表示心中的顺从，
母鹅们，我为了拯救自己
我要忍受苦难至死。
我要忍受政权和宗教，
孩子的婚床和摇篮，
还有缺乏的面包，
还有《范福兰》①的嘲笑。

我要舒适，要把恰尔迪尼的荣耀
竭尽所能留下来，
把博希里尼②的沙特恩
辉煌时期的田园歌唱响；

我要把我那曼佐尼式的侮辱

①《范福兰》是一份观点不太激烈的报纸，1870年创刊于佛罗伦萨，后变成左翼反对派的机关报。

②博希里尼（1804—1882），热那亚金融家，国家银行行长。他提倡把资金投到工业中去，让国家尽快走向富裕。

弥补回来，
我要出演戴德蒙多
军事统帅的重要职务，

就是为了不让全国盲目自大。
对于我的脊柱来说，
保罗 · 法姆希里的赞歌、海滨杰出的沃尔泰
都太诙谐：

我的文盲们，只能
看一些通俗易懂的东西，
比同类更简单的词句
才是他们更青睐的。

这样年复一年，大臣也换了一茬又一茬，
我用中左内阁替代
中右内阁，
就这样痛苦地生活着：

直到有一天，在月底，
塞拉一脚把箱子[①]踢飞，
把我的骨骼
一点点卖给英国考古学家。

1871年11月12日

①在意大利文中，箱子也可以指储钱柜，这里指国库。塞拉（1827—1884），意大利政治家，当时任财政部长一职，为了繁荣经济，减少赤字，大幅度征税。

朱塞佩·马志尼

热那亚高耸在海岸边的礁石上，
那是硕大无比的大理石建筑，
高耸在腐化的时代，时代
波澜壮阔，它高高地耸立着，伟岸而又严谨。

年幼的哥伦布就是在那些礁石边
穿过大海眺望到了一个新世界，
伫立在夕阳的天空下，极目远眺，
他的心思是格拉古①的，思想是但丁的。

第三个意大利通过公墓，

①格拉古（前162—前133），古罗马政治家，曾被推选为执政官，为了制定农业等法律，曾经做过艰辛的尝试，后因为保护平民奉献出了自己的生命。

向您走过来，携带着不变的光，
他的身后站着一个死人。

历史悠久的流亡者，在晴朗的天空
抬起如今默然的脸，
“你孤单，”这样想的同时，
“你是理想，你是真实的象征。”

1872年2月11日

致意大利的海涅[1]

海涅出现在
兴奋或激动的时刻，
他摇着金色的长发
向德国人献上自己的诗歌，

从他的神经质的手里
赞歌的愤慨和优雅
残暴和朴实疾速射出
如同一把利剑一样。

在轰隆隆的响声中，

①这是诗人嘲讽贝尔纳尔迪诺·赞德里尼的一首诗。赞德里尼翻译了不少海涅的诗，所以卡尔杜齐叫他“意大利的海涅”。卡尔杜齐非常不满意他的翻译，所以嘲讽他。

他思想的和死亡的阴影轰然爆炸，
拿着斧头一边把门敲得砰砰响
一边大喊："到时候了，到时候了！"

上帝看着诗人那张充满激愤的俊脸
面带微笑地聆听着，
他一边挥舞着手中的斧头，一边问托尔①！
"是我来，还是让我的儿子来？"

在永恒的赞歌声中，
旧教堂的丛林
顺次倒下，
同时倒下的还有教堂尖顶和所有圣人：

在鳞次栉比的教堂顶上，钟楼
每倒下一个，都要为死者再响一声，
卡洛一世大惊失色

①托尔是神话中的雷电之神。

裹着亚琛毛毯。

当你们弹奏，啊，
这细微、优雅的吉他，
故乡的所有大厅[1]
都跟着欢欣鼓舞。

齐整的荒诞的民歌，
还有那语法不符的民歌，
布尔乔亚式，让奶凝
让凝乳止不住地颤抖。

啊，如同你们羔羊的叫声一样难以捉摸，
人们面对初春的道路
感到十分疑惑！啊，山羊，去草地和牧场！
啊，小羊羔，赶紧去吃草吧！

---

①所有大厅，指意大利的阿卡狄亚学会。

你们受到了
黄的石竹花和紫罗兰的热烈欢迎：
啊，你们是否觉得
开花的卷心菜更合你们的胃口？

吃草、反刍、休息，
不停地冲着牧羊人大叫，
假如条件允许，那些刚硬的羊角的国歌
只有你们放荡的爱。

用两句双关语，之后是一副愚昧的嘴脸，
啊，衷心地祝愿你们！
假如喜欢已阉的羊肉的臭味，
就去克洛埃[①]膝上吧。

1872年6月

①克洛埃是诗人虚构的一个人物，指敬仰赞德里尼的假学者。

神圣的亨利五世

当秋叶飘零、候鸟启程，
墓碑成为墓地上盛开的花。

灰发太子亨利五世骑到马背上，
自豪地骑到了马背上，为了神圣的巴黎。

所有紧随其后的人，修道院长、贵族都在他身边，
盔饰和旌旗是多么闪亮！

亨利骑着一匹白马，白色旌旗立在他身旁，
圣路易[①]战场上的烈士和英勇的巴亚尔多[②]在其

---

①圣路易（1214—1270），一位国王。
②巴亚尔多（1473—1524），弗朗切斯科一世的摄政王。

覆盖之下。

国王万岁！这神圣的标志，并不为法兰西所熟悉
死气沉沉的丝质旌旗裹着旗杆。

金色的百合花映衬得天空越发冰冷晦暗，
树木冷眼旁观状若枯骨。

鸟儿缄默，忧郁悲伤，
如同败箭在旗杆和头盔间扭曲。

国王万岁！但是鼓声淹没了欢庆的歌，
嗓音嘶哑，歌词留在了案子里。

声音嘶哑，濒死的喘息，
似乎是从欢快的士兵的胸膛里发出的。

云的阴影笼罩着大地，

随从们被封锁在湿冷的阴影之中。

马匹受到骑士的催动，忍不住欢腾

马蹄刨地之声响起，却与马蹄踏在石上之声截然不同。

在低沉的空气中，马匹和人们，

如同被裹挟入无穷的梦魇和铅灰色中，

虽然这铅灰色让人压抑，却也只能忍耐着，

扛起毫无生气的旌旗，蹀躞走进圣迪奥尼吉[①]。

国王万岁！这呼声惊人的一致，

来自教堂的地下室：

从共和国中掘出一堆白骨，这就是呼声的来源，

烟云渐渐成形，此时，外面却出现了一堆幽灵；

①圣迪奥尼吉，巴黎知名修道院，法国王室墓地。

妇女、孩童、老人、
伯爵、主教、侯爵、公爵、僧侣和杂种不一而足；

砍头的、割颈的、碎尸的，都裹着披肩，上面有着奇怪的图案，
他们都是来自同一家族的亲王。

头骨又细又白，如同象牙，
眼圈中闪烁着一丝蓝火。

只有一个人在前进，他挥动残臂，
抓着一顶白色羽帽；

唯有一只胫骨在缓缓起舞，
唯有一只颌骨似乎露出了笑意。

这堆枯骨，

忽然咯吱作响，向空中四散而去；

一些黄色百合跳起了圆圈舞，
将王室旌旗团团围住。

王室旌旗周围的黄色百合，
突然开始合唱：

白发太子，请到来吧，
这样的住所，波旁此生都不曾有过。

让我们从新桥[1]走过，让他的誓言成真，
一举即可收复巴黎。

大理石中的麻木者仿佛也能听到枪击声，
感受到耶稣会士手中的冰块多么寒彻骨髓。

①新桥，亨利四世所建，现为巴黎最古老的桥之一。

机枪手和枢机主教向巴黎圣母院快速行进，
只留下三个主教收集他们的梦。

那个曾经血洒六月街道的人。
手持洒圣水器站在门口，表情严肃。

一个人跪在一边要讲祝词，
他是即将向神父献祭的死者。

在巴黎公社的枪林弹雨中屹立着一个人，
向圣路易之子的王冠献上祝福。

这都是悲剧。剧院的包厢中洋溢着小提琴声，
你的父亲，那位雅各宾派就葬身于此。

乐队的声音消散在嘈杂的现实之中，
在化装舞会中，梯度缓缓开放。

身为波旁的幽灵，我们要与这场剧竞争，
到舞台上大声歌唱，
“啊国王，你的传奇！[①]”

卫队置身于灰色的天空下，发出嘲笑，
可亨利五世还是义无反顾地跨上骏马，朝着城外走去。

城堡主人拿着金盆走到巴黎城门口
双手奉上金钥匙。

他不张望也不致敬，
周身萦绕着怨恨。

他严肃地抬起头，
颈部流着微小的血液。

---

①亨利五世是遗腹子，保皇派认为他的出生是天意，所以说“你的传奇”。

国王并没有向他的追随者下令，
这些子民并不是来自圣路易或者圣米凯莱。

亨利如同一个国王一样，昂首挺胸地穿过随从，
每个人都注视着他，却不听他的话。

此刻亨利已经纵身上马，却不向人们示意。
他昂首向前，从水盆中跃起。

“来吧，我的侄子，这个家族仅存的血脉！
“我给你的钥匙可以打开巴士底狱的大门。

“我在庙中炼成了它。”他低下头，
水中的头颅不停摆动。

路易的眼睛一眨不眨，
虚弱地看着盆中的亨利五世。

1884年10月

新诗抄

与树木的对话

你站在那里，形单影只，
和树荫洒落的平地相伴，啊，陷入思索中的橡树，
我对你的爱已然消失，
之后由城里肆无忌惮的破坏者
拥有你恭顺的枝条。

我也不再仰慕你了，只开花的月桂树，
你的葱郁和至高无上的尊贵
在匮乏的冬季永驻，
或者如同和皇帝们的秃头面对面，
太无益、太矫揉造作了。

我爱你，葡萄树，你尽情地畅游于
褐色的岩石之间，对于你的成熟期，我更加仰慕。
被生活遗忘的聪明人就是你。

但更辉煌的要数杉树了；它们被四面的石头包围，
这石头如同光滑透亮的石棺，把它们纤细的枝条关起来，
那是我忐忑的思想和毫无意义的渴望。

1873年2月13日

牛

啊，忠诚的牛，我爱你，你性格乖巧，
我的心里因此有了生机和平和。
啊，如同纪念碑一样庄重，
你的眼前是广袤肥沃的田地。

啊，你愉快地钻入牛轭
让人们不那么累；
他催促你，鞭笞你，
你依然用沉静的目光、悠缓的步伐作为回应。

你的灵魂——那粗大的黑鼻孔
发出浓重的呼吸声，如一曲欢乐的歌，

一声吼叫逐渐消失在万里无云的空气中。

在庄严的蓝色大眼中，可以看到温和纯朴，
把宽阔恬静
苍翠田野的神圣也倒映出来了。

1872年11月23日

夭折[1]

啊，你在鲜花遍地的
托斯卡纳山冈沉睡，父亲睡在你旁边；
你有没有听到小声的哭泣声
在坟墓旁的绿草茵茵中？

那是我的孩子，叩响
你那寂寥的门：称呼你为伟人和圣人
他的生命也已经终结，啊，我的兄弟，
你也觉得难受。

啊，不！他追逐于花坛间，

①诗人的儿子但丁于1870年9月9日去世，年仅3岁，诗人因此而作此诗。

笑意盈盈的脸庞像碧玉，
雾气沉沉，直面冰冷和孤单。

他不会被你们的彼岸所容忍。你在他睡下时
坐下来迎接他，可他在灿烂的阳光下，
却轻声叫着妈妈。

1870年11月9日

菲耶索莱镇

低头看菲耶索莱镇的重要关口，
如今西拉①的城市一派繁华，
清凌凌的阿尔诺河仿佛凝滞了，
方济修士们听到铃声，迈开了脚步。

城墙上，蜥蜴的眼睛在
埃特鲁斯卡石墙的裂缝中纹丝不动。
清风拂面，零落的柏树林
沙沙作响，宁静的傍晚熠熠生辉。

可是从平地到半月形的山冈，

①西拉指佛罗伦萨，古时候在西拉屯兵，后来发展为佛罗伦萨。

回荡着愉悦的钟声，仿佛
数以千计的意大利人斗志昂扬。

啊，米诺[1]，你的大理石[2]就是自然。
鬈发的孩子笑意盈盈地
面向大自然，永久的少女和母亲就是你。

1886年4月29日于博洛尼亚

①米诺（1431—1484），非耶索莱镇的雕刻家。
②米诺的雕刻作品。

天使们的圣玛利亚

佛朗切斯科修士，你一个人
在地上孤单地躺着，这空气
和维尼奥拉①美丽的穹顶相拥，
双手难过地画着十字。

爱情之歌在酷热的七月里飞舞，
响彻在劳动者的田野上。
啊，翁布里亚之歌太美了！
你的语言被用作了歌词，
你的面庞出现在翁布里亚的天空中！

①维尼奥拉是一个镇，位于艾米利亚 · 罗马涅地区。

在怪石嶙峋的村庄的地平线上，
在孤独平和的无上荣耀中，
你的天堂就在每家每户的门口。

我看到你站着把双手伸出来，
献歌给上帝："主啊！我要高声赞扬你，
为了我们姐妹情愿赴死！"

1886年5月27日—29日

愿 景

冬日的天空里，太阳久久不愿离去，
白雾慢慢占据优势，
休耕地经过重新种植以后已露出柔和的绿色，
灿烂地沐浴在阳光中。

庄重秀丽的波河[1]之浪流走了，
明乔河白色的浪花流走了，
深思的灵魂扑扇着翅膀
奔向理想。

面对一开始的时光，

①波河是意大利最大的河流，横贯国境北部。

安静美丽的仙女的光辉
温柔地在心间停留。

像一座绿色的岛屿，一种辽远的
宁静朝这边走过来，
没有回忆和苦痛。

1883年2月1日于维罗纳

史诗一样的时刻

富庶的博洛尼亚[①]，再见吧！你们
这些起伏的广阔地面上的黑色麻田；
你们排成长队，
杨树在夏日晚风中轻轻摇曳！

此处便是史诗的费拉拉！这里矗立着
宏伟的建筑和城堞，
跳跃的金色花朵映衬其中，
波河的浪花欢快地唱起歌。

①博洛尼亚是意大利艾米利亚·罗马涅大区的首府。

啊，埃莉娅迪[1]在
孤独的堤岸上痛哭，黑暗
正向你们奔过去，我没有遗憾。

我被这史诗的阴影所笼罩，
它张开红色的翅膀，我心中再次燃烧起
那永恒的幻想。

1878年7月23日—26日

①埃莉娅迪是神话中太阳的女儿，因为她的妹妹掉进波河，哀伤的她一直痛哭，最后变成了杨树。

途经玛雷玛[1]

我曾经在这个迷人的地方，
身着长袍，应景地高唱赞歌，
心中充满了仇视，可是爱一直都在，
此刻终于再见，我的心怦怦直跳。

你无精打采的样子清晰地映在我眼底，
是笑还是哭，眼神在迟疑，
我一直没有放弃那些梦，
那是青春的光彩散去后的斑痕。

啊，我之所爱，我之所梦，都已无用；

①据说此诗为诗人乘坐火车从少年时代居住过的玛雷玛经过时所作。

一切都在变幻，永不终止；
明天我将在遥不可及的天边倒下。

你的山冈沉静地对着心灵诉说。
山顶上流云变幻，山脚下原野青青，
清晨的细雨露出微笑。

1885年4月21日

一支古老的哀歌

你那柔嫩的手，
全力向一棵树伸去，
那株苍翠的石榴①，
枝头上花开正艳。

冷寂的花园中，
一层新绿刚染上枝头，
因为六月，
它再次燃起光与和煦。

你，我那饱受折磨的

①石榴指诗人在博洛尼亚的住所窗前的一棵石榴树，此诗创作出来也是为纪念夭折的儿子但丁。

枯木之花，
你，我那无益的生命中
最后一朵独特的花。

你身处于寒冷的土地中，
你身处于黑暗的土地中；
阳光不能带给你欢乐，
爱也不能把你唤回来。

1871年6月

对故乡的思念

潮湿的黑云
翻腾在深蓝的云朵间，
风暴滚滚而来，
从亚平宁山穿过。
啊，倘若这来势凶猛的旋风
向北而去，
愿它把思念的讯息，
带给美丽的托斯卡纳。

我一直对那里念念不忘，
并非因为亲友的心和面容，
在灿烂的阳光中向我露出笑脸的人，

如今已成智者或已离开人世。
我也并不是因为想念葡萄或橄榄，
我之所以想要去那里，
是因为那迷人的山冈，
那令人愉悦的山冈。

那些曼妙的歌曲
是我的城市的伟业，
我要奔向那里，
那是大理石阳台，
那里几乎没有树荫遮挡，
唯有些倒霉的人
栽种一些沉郁的软木，
快速骑马离开。

那里鲜花盛开，
但却是让我难过的春天。
电闪雷鸣牵扯着我的思绪，

重回那片天地之间，
黑漆漆的天空任我飞翔，
我的祖国在张望，
之后雷鸣声响起，令我坠入
那些山谷的汪洋。

1874年（或1871年）9月8日—9日

圣玛蒂诺[1]

山冈在白雾中矗立，
丝丝细雨轻轻飘落，
海面在凛冽的西北风中
变得白茫茫；

可是浓郁的酒味
从乡村街道上的
热气腾腾的木桶中弥散开来，
使人沉醉。

在燃烧着的木柴周围，

①圣玛蒂诺是一个小镇，位于意大利北部。

一串烤肉发出剧烈的声响，
猎人伫立在门口，
吹着口哨观赏。

一群黑鸟
飞翔在艳丽的云朵间，
如同消逝的思想，
在傍晚游荡。

1883年12月9日

古希腊之春（节译）

二、陶立克式

你是否清楚漂亮的岛屿，爱奥尼亚海
最后一次亲吻海岸，
平静的大海中生活着伽拉忒亚[①]，
而山上生活着阿喀斯？

在那里，阿芙洛狄忒[②]——埃里切[③]

①伽拉忒亚是古希腊神话中的一个海中仙女。她爱上阿喀斯，但爱她的吕斐摩斯却极力追求她，因为忌妒，他把大石头投向阿喀斯。阿喀斯死后，鲜血化成一条河，汇入大海，于是伽拉忒亚与自己的爱人再没有分离。

②阿芙洛狄忒是古希腊神话中的爱与美的女神，也是一个丰饶女神，她不变的标志是一条隐含神奇魔力的宝带，因此女子结婚时常会献给她一条织好的带子。

③埃里切是西西里岛上的一座山。

最忧伤的古希腊人总是笑着、学习着，
她的心里满满的都是爱，
因为这得到祝愿的海岸。

激烈的爱情，啊，爱情，爱意洒满在山峦和大地上，
当埃内亚把美好的深渊带给你，
母亲眼中含泪，
归来时携带着沟渠边的花朵。

爱情啊爱情，海浪如此呢喃；阿尔甫斯
躺在绿色的婚床上，嘴里叫着阿瑞图萨，
这知名的拥抱合而为一，
意大利的缪斯[①]就是空中的回声。

爱情啊爱情，
诗人的歌在城市中吟唱，

①缪斯是古希腊神话中掌管艺术的女神，这里是说阿尔甫斯与阿瑞图萨结合产生了意大利的诗歌。

一群妇女带着齐特拉琴与鲜花，
来到陶立克柱廊旁边的市场。

我向高塔询问，
这不是锡拉库扎或阿格里琴托[1]：这天边的
特拜之歌和百棵棕榈树
把王宫挡住了。

寂寥的松柏装点着
秀美的内布罗迪山[2]上的山谷，
在泉水间对圣歌高谈阔论的
可是牧羊人达福尼？

“啊，在佩洛佩[3]的地域上，站着国王，
“我不愿如此，啊，杰出的天才们，

①锡拉库扎和阿格里琴托都是西西里岛上的城市。

②内布罗迪山在西西里岛上。

③佩洛佩是古希腊神话中的人物，他的父亲把他切成碎块献给众神，以使他知晓一切。

“杰出的一对，用这么灵巧的脚去飞，
“去打败风，我不愿意！

“我要在悬崖柱石旁边歌唱，
“西西里位于你的手臂间，
“凭海远眺，
“白色的羊群清晰可见。”

陶立克青年在快乐地歌唱，
夜莺默不作声。在这海滨，
啊，希腊人的灵魂
隐藏在贝娅特里切曼妙的纱巾里。

你沉醉在诗歌里，在乡间
中午的寂寥里，
所有感觉无声溜走于
天空、大海和周围。

因为你，我会在向阳的山坡上苏醒，
金发的护树女神踮起脚尖
对你的身形赞不绝口，
荷马古老神奇的力量。

众神死去：希腊的神
不知道为什么衰败了；他们沉睡在母亲的怀抱和花丛中，
在山下、河流和
永久的海洋之中。

在基督面前非常严肃，
他们和圣洁的花朵一样漂亮：
啊莉娜，在诗里，沐浴着诗的光华，
他们风华正茂。

如果把一个美人唤过来
人们沉醉于她的容颜，或者像诗人的心，

面对神圣的自然，他们嘴角上扬，
兴致勃勃。

于是护树女神翩翩起舞，“今年多大啊？”
山岳女神[1]们问起，“你从哪里找到如此美丽的人？
“你是怎么到这里来的，
“迷人的姊妹。

“你在眼的星云间
“正襟危坐。或许你遭到了奇普里尼亚的伤害？
“阿芙洛狄忒特别凶恶，
“她对美深恶痛绝。

“让英雄们忘却忧愁的，
“在你们之间只有埃莱娜[2]；
“但我们知道有很多神秘之物

①山岳女神是古希腊神话中掌管山岳的女神，也根据山命名。
②埃莱娜是缪斯之女。

“隐藏在大地的怀抱中。

“我们会把神秘的香膏给你寻来，
“它的泪水将化为生命，
“人们心中圣洁的安菲特里忒①
“就由这一颗颗巨大的珍珠形成。

“我们将把有生命的花给你寻来，
“它们懂得快乐也懂得忧愁：
“它们会再给你讲
“曾经的爱情故事。

“它们会把玫瑰的痛苦讲给你听，
“它没能来到你美丽的胸前，
“尊贵的白人姑娘在你的发丝间
“尽情歌唱。

①安菲特里忒是古希腊神话中统领海洋的人，是海神波塞冬的妻子。

“于是在紫晶和晶体的光芒间，
“我们把你引出来，
“在那里打造
“永恒的舞蹈的姿态。

“水泽女神动听的天鹅般的鸣叫声聚集在河里，
“河面上银光闪闪，
“就像美丽的月光一样。
“我们会跳进去。

“我们把你送到天上，
“宙斯，父亲，更喜欢
“阿波罗当着众神的面，在那里
“抚琴表演。

“那里，在芳香的大厅中聚集，
“我们会让你和伊拉合而为一，
“使伊拉沉醉

“在严冬里，在可怖的死亡下。”

啊，自你们的时代逝去之后，
大地便遭受了痛苦！
希腊的年轻姑娘们，
爱之光芒不要把我当作忌妒的对象。

倘若我是阿尔切奥[①]，
美丽的胸怀被无名的关怀所伤，
我将动用阿斯克雷亚的蜜，
和特拉的琴弦相拥而眠。

人们青睐于亲爱的人之精灵，
我希望他的歌被闪电照亮，
众神之花的柔软长尾
将他包围。

①阿尔切奥，古希腊诗人，约生活在公元前6世纪，因为致力于反对独裁，后被驱逐。

他的手边依傍着风信子的花瓣，
它的枝丫在我的月桂的庇护下，
我在心中呢喃：
“我爱您，亲爱的夫人。”
“亲爱的夫人，我爱您。”

1872年4月10日—18日

玛雷玛牧歌

四月的春光挥洒在红色的新房里，
啊，美丽的玛丽亚，
你的脸上一直绽放着愉悦的笑容。

啊，我的初恋，
光阴如梭，你的内心已不再悸动，
这颗心多么残忍，但在我心中，你依然像真金一样。

请问你在何方？婚礼和叹息，你未曾有过，
你没有往事，不熟悉的村庄，
迎接你这欢快的母亲和新妇。

如此勇敢，如此健壮，
面纱也不能约束，
满足愉快的丈夫的愿望。

你的乳房被你健壮的儿子吸吮，
此刻，你勇敢的目光，
一定是在寻觅狂野不羁的骏马。

啊，姑娘，你如此年少美丽，
你在胸前放着花冠，
脚步轻盈翩跹而行。

火花跳跃在含笑的眸子中，
纤长窈窕，
美丽的蓝眼睛盛满了笑意！

那蓝色的眼睛中满是笑意，
我如矢车菊安静地在黄花和麦穗间开放，

更像是当着你的面，插在金色的发间。

是悠长的夏季，天地之间一片炙热，
绿树间洒满快乐的阳光，
石榴红光满面地朝太阳微笑。

看到你这位女神走过，
美丽的孔雀也要摇曳生姿，
尾羽上的花斑之眼也要朝向你，孔雀一直叫唤。

啊，我此后的生命太悲戚了，
独自走过多少阴郁晦暗的日子，
我真该娶你，美丽的玛丽亚！

真该义无反顾地追随你，
一头头乳牛，
在矮树丛中左顾右盼。

因为这首小诗，流了多少汗！
请不要再放在心上，也不要回想，
这天地之间奥秘无穷！

此刻，我的大脑里闪过
固执、冷酷的烦恼，令我无比痛苦，
我把这神秘的思绪写下来，以把我这难过的情绪抒发出来。

真实的心境消弭了肌肉和骨骼，
还有这令人厌恶的文明，
令我在气愤中抗争。

啊，一排排垂柳
对着风呢喃！啊，漂亮的树影沐浴在
灿烂的阳光下，摇曳在教堂前的空地上。

因为农田被耕作过，山冈绿意盎然，

坐在乡村的长椅上观赏的我们心满意足，
大海如同轻纱，那里就是圣地！

啊，人们在宁静的中午聆听故事，
而在夜凉如水的黄昏，
幸福地围坐在炉边！

啊，跟孩子们讲述
曾经英勇的故事，大汗淋漓的围猎，
还有惊险的包抄，太荣耀了！

一头野猪就这样四脚朝天地躺在地上，
身上的伤口非常明显，
那是在歌声中逮到的猎物。

那确实是意大利的懦夫和特里索廷[①]。

1867年（或1872年）4月

①特里索廷，莫里哀戏剧中的人物，是一个很有野心的诗人。

古典主义和浪漫主义

劳动的人的内心，因为温柔的太阳[1]，
而充满了快乐：
黄灿灿的庄稼也因此低下头，
等着收割。

它微笑着俯瞰着犁，
在湿润的黑土间，犁发出耀眼的光芒，
而此刻，耕牛正自在地徘徊在
耕过的土地上。

葡萄叶面纱轻掩，
一串串紫色的葡萄像是披上了一件袈裟，

①太阳在诗中代表古典主义，后文中的月亮代表浪漫主义。

人们面带微笑，
沉醉在秋光中唱着最后的歌。

它的光芒偏向
城市黑色的屋顶一边，
朝一个姑娘偏过去，
白日里，小伙子们只顾忙碌已遗忘了她。

那是一首春之歌，
她因此萌生爱情；她的心
怦怦跳个不停，她的心和歌
沐浴在阳光中，就像云雀一样。

可是，月亮你沉浸在这快乐的时光中，
废墟和墓地都被你照亮；
在光怪陆离的运行中，你变得成熟，
你对花朵和果实都一无所知。

在那里，灾荒在黑暗中沉睡，

你从高高的窗口照进去，
唤醒它，人们觉得凄冷，
而你心里想的却是明天清晨。

你用温柔的情感
装点着哥特建筑的尖顶，
向无所事事的诗人，
向多余的爱展现自己妖娆的身姿。

然后你又到了墓地：
你的光芒在这里虽恢宏却无精打采，
媲美于那些闪着惨白光芒的
胫骨和颅骨。

你那愚昧的圆脸让我憎恨，
冷硬、疲乏又俗不可耐，
像淫僧一样放荡，
像一个只有外表美的女信徒。

1869年9月

月亮的报复

洁白的少女，
真的是你，是你，
当夜晚降临，你进入梦乡，
洁白的月亮定会将你凝望。

女神来到你身边，
看着你淡定的样子，
冷冷地吻着你的脸说："啊，洁白的少女，
我喜欢你。"

我的灵魂被你魅力四射的目光所
笼罩，亲切无比，

它的月儿顾盼生姿，
和绿色的四月之夜相融。

夜莺正在茂密的枝叶间，
对你如泣如诉，
当密林散发出芬芳，
它的光芒被雾一样的银纱遮住。

洁白的柔情波光轻漾，她抱着红臂，
微笑地看着奥罗拉[1]，
你那绝美的容颜
正被美人四处散播。

那里有你和善的双眼，
你的爱好都从中闪现出来，
在那一派和平的美好时代，
我希望和平能一直伴随我们左右。

---

①奥罗拉是古罗马神话中的晨光女神。

因你笑而充满和平，我内心
压抑已久的快乐因此如鲜花盛开，
我的风情万种
得到了大自然的灵魂的允许。

啊，我的灵魂被
我那玉色的美吸走，我迷茫于
生活的价值中；尽管一种怪异、无垠
的柔情从中涌出。

就像一个男人前行于夏夜月下，
前行于低声呢喃的绿树间，
或远或近的海岸
在梦幻的光影中激情四溢。

无名的爱的渴望充满他的心，
内心沉浸在一种悠缓的美好中，

他想被这静谧的晨光包围，
逐渐消失。

1873年2月—3月

在圣圭多[1]前

从博尔盖[2]到圣圭多，
两行柏树坚实挺拔，
像一群年轻人蹦跳着来到我面前，
看着我。

它们把我认出来了：“你回来了。”
它们凑过来轻声问我：
“你为什么不回来？为什么不留在这里？
“这里的傍晚清新凉爽，你应该对这里的生活印象很深刻。

①圣圭多是意大利里窝那省的一个小镇。
②博尔盖也是一个小镇，离圣圭多镇有十几千米远。

“啊，凉爽的西北风吹过来，
“在我们芬芳的浓荫中安静地坐下来，
“你曾经用石头打我们，
“我们已经不再生气：那种痛早已过去！

“夜莺的巢仍被我们举得高高的：
“你为何快速离开？
“傍晚麻雀在我们身边
“飞来飞去，啊，请你不要离开！”

“我永远牵挂着我年少时忠诚的朋友，
“美丽的柏树，我的柏树，
“我多么想在你们身边留下来，”
我对着它们说，“我非常想留下来！

“但是，我的柏树，你们不要生气：
“那个时代那个时辰已经过去，
“正像你们所了解的！……好了，请不要多说了，

“现在我已是一个众人皆知的人物。

“希腊文和拉丁文我现在都懂，
“我会不停地书写，我还会很多其他的；
“我的柏树，我已经不是那个顽皮的孩子，
“尤其是我再也不会向你们扔石头。”

柏树傲然挺立，纹丝不动。它们似乎在交头接耳，
因为质疑，树梢摇摆不定，
夕阳也似乎明白了什么，
散发着余晖。

柏树和太阳一样，
都非常同情我，
交头接耳很快浓缩成：
“好吧，我们知道了，你是个值得同情的人。

“我们非常清楚，风儿也说过类似的话，

“风把人们的叹息告诉给了我们，
“你的胸中一直充满着争辩，
“你弄不清楚也不能缓解它。

“你可以把你们人类的难过和忧愁
“对着橡树诉说，或者告诉我们。
“你看大海好沉静、好蓝，
“夕阳又是如此轻快地落到海上！

“如此快乐的傍晚，
“麻雀的鸣叫声清脆奔放，
“夜莺在深夜里鸣唱：
“不要再走了，你不会得到恶毒的幽灵的允许的。

“你们心底的深渊正是恶毒的幽灵的栖息之地，
“你们心底思虑重重，
“这幽灵像你们坟墓中的永恒之光，
“来来往往的行人都被照亮。

“不要再走了；大橡树
“明天正午洒下阴凉时，
“马匹徘徊在橡树四周，
“大地上的一切静谧安宁。

“我们这些柏树会一齐向你歌唱，
“这歌声在天地间萦绕不散，
“仙女们也不再隐藏于榆树间，
“会用她们的面纱给你送来阵阵清风。

“这时山岩上只见永恒的一人，
“荒芜的风景
“也找不到了，你的分辩、
“死亡和烦恼都被奇妙和谐所吞没。”

“我，远在阿尔卑斯山，蒂蒂[1]

①蒂蒂是诗人对他年仅两岁的女儿贝利尔塔的昵称。

“正在等我，”我回答，“你们不要生气。
“这便是蒂蒂，和麻雀很像，
“可是没有羽毛。

“它仅以柏树的浆果为食，
“我也不是个曼佐尼派，
“他拿出白肉当作回报。
“再见吧，柏树！再见吧，我美好的景色！”

“那么你希望我们说些什么呢，
“在你祖母的坟上？”
它们像一支黑色的队伍扬长而去，
嘁嘁喳喳地快速飞走了。

墓地位于土丘顶上，
翠绿的柏树耸立在通往墓地的道路两旁，
柏树像是身着黑衣，道路显得宽阔、庄严，
我感觉那里好像站着奶奶露奇娅：

露奇娅太太有一头波浪般雪白的头发，
她把托斯卡纳的故事讲给我们听，
听上去很是呆板，
却像丑角们在表演，而且是用曼佐尼的方式。

流淌出来的美妙，我心底
维尔西利亚独有的忧伤也包含其中。
充满着美好和力量，
像是从十四世纪道德诗中流淌而出。

啊，祖母，啊，祖母！我的童年
是多么快乐啊！请再说说吧，我很想听，
让我这个聪明的成人再听一遍你的故事吧，
他想把你失去的爱找回来！

“为了把你找到，
“我扶着拐杖走过漫漫长路，

“七双铁鞋都被磨破了，
“拐杖也坏了七根。

“我的眼泪都装满了七坛，
“这七年是漫长的，是被泪水浸透的，
“在我失落的呼喊中，你安详地睡去，
“鸡在鸣叫，你却不肯醒来。”

多好啊，祖母，这故事
依然真切动人！确实没错，
这么多年以来，
你日夜寻觅一无所获，或许就在此处。

我不愿在那些柏树下这样，
我希望离开那里，
祖母，可能，安息之处就位于你的墓地、
那些柏树之间。

我的心在痛苦之时，
蒸汽机车轰隆隆地离开，
像一群高贵的马驹，
嘶叫着离去。

可是，红而深蓝的刺菜蓟
正沦为一头灰驴的美食，太难受了，
既难听又难看，
它依然吃个不停。

1874年12月23日—26日

致《巫师》的作者

啊，赛维里诺[1]，我已经清楚地知道
你的歌、你的梦乡。
雷诺河与波河河湾平地，
麻田里仿佛波浪起伏。

低洼处野草丛生的荒地，
悠闲的凤尾沙雉向白云飞去，
尖厉的叫声就像
一群绿翅鸭寻求怜惜。

轻柔的河面上有阴影落下来，

①赛维里诺·费拉里（1856—1905），诗人，卡尔杜齐的学生，《巫师》就是出自他之手。

鳗鱼在河中生长，
啊，太想歌唱了，无精打采的
梦的欲望太强烈了！

啊，又高又宽的堤岸位于河边，
与夏夜的火焰相辉映！
月光轻颤
和柔情似水又绿意盎然的春天太像了！

当杨树和星星对望，
沉醉在爱之中发出悠长的叹息，
从成熟的麻田中传来
动听的罗马涅[1]民歌！

八月到了吧，啊，赛维里诺，
青蛙鸣叫着呼唤清溪，
我们诗人又来到阿尔贝里诺身边，

①指艾米利亚罗马涅大区。

每个人都陷入自己爱的思绪中；

对于安静的夜，我们真是倾慕不已，
你的那些杨树：
“你们看到的那些那么高大的杨树，
“你们应该问：比昂科菲奥雷[①]位于何处呢？”

“在迷人的河岸边？还是在高冈之上
“编织美丽的花冠？
“抑或是在彼特拉克的六行诗中
“嘲笑我们的爱无益？”

1884年4月1日

①比昂科菲奥雷是《巫师》中的一个人物，意即“白色的花”，代表着“真正的诗”。

特奥多里科的故事

维罗纳[1]的城堡，
沐浴在正午的太阳下，
从基奥萨山区到平原
都可以听到洪亮的、悠长的号角声。
宽广的阿迪杰河
从向阳的绿色平原流过；
已经上了年纪的、沉郁的
特奥多里科国王正在洗澡。

他的记忆中浮现克里米尔黛[2]在场的情景，

①维罗纳是意大利北部威尼托大区下属同名省份的省会城市，著名古城。

②克里米尔黛是传说中的布尔戈尼公主，和西戈弗里德成亲，其夫被杀后和乌尼国王阿蒂拉成亲。为报杀夫之仇，她邀请仇人到乌尼首都图尔纳，在宴会厅展开混战，最后被特奥多里科救了出来。

他来到图尔纳
和宴会厅里，
数以千计的木杆发出的撞击声，
当女人身上落入
伊尔德布朗多[①]的铁器时，
从残酷的灰烬中回来的，
唯有特奥多里科一个人。

他凝视着闪闪发光的太阳
和缓缓流淌的阿迪杰河，
他看到一只雄鹰
徘徊在塔尖上；
望着他年少时
经过的山冈，
还有那苍翠的村庄
之前被他所征服。

①伊尔德布朗多是保护克里米尔黛的人。

围墙外传来一个小侍的
高喊：
“陛下，一头漂亮的鹿，
“是一头在这个时代从未出现过的美鹿。
“它的脚似乎穿着盔甲，
“它的角都是金黄色的。”
河水轻轻流淌像是在恭祝，
对这可敬的猎人表示祝愿。

“我的猎犬，我的黑马，
“我的长矛。”他把他所要的一切都提出来；
他的身体
被一个像斗篷样的毯子罩住。
男仆们不停忙碌着。此时
那头迷人的鹿已经不见了，
忽然间一匹雄赳赳的烈马
朝国王嘶叫着。

黑马像一只乌鸦一样黑，
眼中像是有炭火在燃烧。
所有用具都已准备停当，
国王跳到马鞍上去。
可他的猎犬却有些害怕，
一直叫个不停，
看着国王
不想跟他一起走。

这时那匹黑马
像离弦的箭一样疾驰而去，
顺着小路
蜿蜒前行：
一直跑啊跑啊，
从河谷山冈越过去。
国王想从马上下来，
却没办法从马鞍上跳下来。

一个年纪最大、最忠诚的侍从
紧跟其后，
对着不熟悉的小路
焦躁地叫道：
“尊敬的阿马利国王，
“我自小追随您，
“在矛与箭中也没有退缩过，
“可是从来没有这样奔跑过。

“维罗纳的特奥多里科，
“你步履匆匆是要去哪里？
“神圣的国王，我们能不能，
“能不能回到我们的家园？”
“我的马太可恨了，
“它一直让我坐在它背上；
“我的归期
“唯有童贞的玛利亚知道。”

童贞的玛利亚
在天上要忙着别的事情，
她用宽大的蓝纱巾
把烈士们罩住，
她对祖国
和宗教界的烈士①表示欢迎；
上帝一本正经地
来到这位哥特人的国王身边。

那匹马拼命向前飞奔，
从大陆和岩石疾驰而过：
它和深沉的夜色融为一体，
它向星空一跃而起。
于是，亚平宁山顶，
消失于黑色中，
托斯卡纳的海②

①烈士指被特奥多里科加害的人。

②托斯卡纳的海指意大利西部第勒尼安海。

在清澈的晨晓中低声吼叫。

于是来到利帕里，这陡峭的、
最大的火山烟雾升起，
发出轰隆隆的声音，炙热的岩浆喷薄而出，
让人退避三舍。
黑马来到此处
朝天空用力踢踏着，
而且拼命嘶嚎；马背上的人
因此坠落火山口。

但从卡拉布里亚[①]，
是不是不可能跃到山顶上去？
是白鬃，不是太阳；
是宽额，不是太阳，
沾染着鲜血，在烈士

---

①卡拉布里亚是意大利南方一个大区，富裕程度比不上北方，主要经济支柱是农牧业和旅游业。

灿烂的笑颜中：

是波伊提乌的圣面。

是罗马参议员的圣面。

1884年3月

山乡小镇

山毛榉和杉树是如此孤独，
晨光下，它们的影子
清晰地印在苍翠的原野之上，
到了正午还阴郁地凝立着。
正做祷告的教堂被它包围，
纷乱的民宅或公墓旁也是如此。
公墓中一派寂静，卡尔尼亚[①]的核桃树，再见了！
你们的枝叶间有我翻滚的思绪，
你们过去的阴影在我的梦中流连。
我不恐惧死人和那些古怪的女巫，
包括那种种魔鬼，

①卡尔尼亚是意大利古代一个地区，在现在的乌迪内市一带，为一个小镇，诗人曾居住在这里。

可是我却害怕乡间那些道义。

趁着清凉的风，
在放牧的时节，
我做完节日弥撒之后来到此处。
执政官说，在作为基督教象征的圣物上，
放上你们的手：
“好，我把树林均分一下送给你们。

“杉树和松树蔓延到远方若有若无的边界。
“你们驱赶着羊群，
“去往那边的山峰之间。
“孩子们，如果匈奴人或斯拉夫人来犯，
“这里有各种武器，
“为了我们的自由，你们要宁死不屈。”

每个人的心中都被自豪填满了。
人们纷纷抬起头，优秀的人们，

不惧炽烈的太阳奔赴前线。
女人们在纱巾下流着泪水，
祈求天上的灵魂和母亲保佑。
执政官伸出一只手又说：

“现在，在基督和圣母的号召下，
“我对人们提出这样的希望，并命令大家如此。”
对着那只举起的手，人们高声回答道：“是！”
这小型会议通过决议
得到了草地上的小母牛的见证，
杉树正沐浴在正午的阳光下。

1885年8月10日—12日于波亚诺达尔培

在马伦戈[1]战场上

——1175 年复活节前的星期六深夜

马伦戈战场在月光的照耀下；

波尔米达和塔纳罗之间一时间阴暗无比，

人马与刀枪都混杂在一起，人喊声、马嘶声不绝于耳，

他们正逃出亚历山大里亚不太好的工事。

在亚平宁山上，吉柏林党[2]人和恺撒[3]的逃跑

被亚历山大里亚的火炬照亮；

①马伦戈是意大利北方亚历山大里亚市的一个小镇。

②吉柏林党原为德国国内与圭尔夫党针锋相对的一个党派，1125年亨利五世去世后圭尔夫党站在教皇这边，吉柏林党依然站在帝制这边，所以圭尔夫党被称为教皇党，吉柏林党被称为保皇党。意大利，凡是政治经济针锋相对的两个党派都被冠以这两个名称。

③恺撒指巴尔巴罗萨。

联盟的火炬在托尔托纳与之相互对应，
寂静的夜里响起一支胜利之歌：

“拉丁人的剑林里闯入了施瓦本雄狮[①]：
“说吧，火炬，跟高山、丘陵、平原和大海说。
“基督将在明天重现：啊，太阳，
“你将在明天看到罗马子孙的新荣耀！”

陛下闻声将头倚在剑上，
一把年纪的霍恩佐伦[②]陷入深思：
“昨天让我们陷入囹圄的那些商人真该被处死。
“骑士们用剑把他们的肚皮戳穿！”

斯佩耶尔的主教[③]，他的桶里汇入了
百条溪流，身边围绕着百个牧师，
主教连声抱怨：“啊，我的教堂的美丽的高塔，

①施瓦本雄狮指巴尔巴罗萨皇帝。
②霍恩佐伦是一个封建主，在德国实力排第二，第一是巴尔巴罗萨。
③斯佩耶尔是德国的一个城市，这个城市的主教是巴尔巴罗萨皇帝坚定的支持者。

“谁在圣诞节的夜里为你做弥撒？”

迪特波尔多宫廷的伯爵，身边围绕着
金发美人和许多女子，
他在想：“从雷诺河传来夜间小精灵的歌：
“月光下，特拉克①正做着香甜的梦。”

一脸沉郁的大主教②说：“为了所有人，
“或者最起码是，
“从山巅到谷底，包括我那令人同情的意大利磨坊！
“我不仅带了狼牙棒，还带了圣油。”

蒂洛尔的伯爵说：“我的儿子，阿尔卑斯山的太阳
“和我的狗明天都会问候你：
“你是它们的主人；会被杀于伦巴第这晦暗的土地上。

①特拉克是诗人幻想中的一个德国姑娘的名字。
②沉郁的大主教指美因茨的大主教，支持巴尔巴罗萨皇帝四处征战。

“我像个乡下人一样震惊无比！”

他，独自游走在平原上，
与此同时，他对着天空望着皇帝：
那些星星穿梭于他灰色的头发间，
皇帝的旗帜在后面的风中发出飒飒的声响。
波西米亚和波兰国王在旁边
拿着剑和权杖，那是为了装点神圣帝国的。
当星星疲惫慢慢暗下去时，阿尔卑斯山
的轮廓显现出来，恺撒发出指示：“前进！

“到马上去，我忠诚的信徒！维特尔斯巴赫[1]，赶紧地，
“把神圣的标志展现给伦巴第联盟。
“赶紧地，我的传令官，不要落后于罗马皇帝，
“朱利奥和图拉真的子孙。”

①维特尔斯巴赫是巴伐利亚公爵，忠诚追随于巴尔巴罗萨皇帝。

塔纳罗河和波河之间欢快、嘹亮地响起
条顿人的号角，
恺撒踏过意大利军倒伏的军旗，
就像动物在鹰面前仓皇而逃！

1872年4月6日

怒 潮

一

在布尔戈尼[1]的山冈和马恩河谷，
成熟的葡萄沐浴在愉快的太阳光下：
皮卡第的休耕地正翘首以盼，
为新收获而耕耘的犁。

小镰刀像斧子一样
凌迟着葡萄，像是喷出鲜血：
耕种者在黄昏的红霞中茫然无措地

---

①布尔戈尼是法国中部的一个地区，在布尔戈尼运河和塞纳河之间。这首诗对1792年7月的巴黎被围、普奥联军攻占凡尔登等事件进行了描绘。诗人用这十二首十四行诗对法国革命的情景进行了描写。

看着还没有耕种的土地。

鞭子挥向哞哞叫的牛，
像用大棒在空中挥舞，手扶
犁柄叫道：向前！法兰西！向前！

在狭窄的犁沟中，犁在叫：土地
浓烟滚滚；空气凝重
像挣扎起来的幽灵对战争充满渴求。

1883年3月11日—13日

二

倒霉的大地的后代
全副武装，朝理想的巅峰攀登，
这些平民被祖国变成
身穿蓝白红衣的骑士大军①。

①身穿蓝白红衣的骑士大军指共和国大军，因共和国的旗帜为这三色。

啊，头发乱糟糟的克莱贝尔，
像怒吼的雄狮一样身临前线，
你朝危险冲过去，这条路
闪烁着青春的光芒，杰出的奥什[1]。

德赛[2]履行起责任，
却由他人尊享荣耀，缪拉为了王冠，
掀起腥风血雨。

马尔梭[3]朝死神奔过去，
暂时搁置二十七年的年华
满怀喜悦把新娘拥入怀里。

1883年3月15日

①奥什（1768—1797），法国将军，率军和奥普联军进行对抗，后又对反动派的叛乱进行强力打压。29岁就去世了。

②德赛（1768—1800），法国将军，曾在瓦伦戈战役中救过拿破仑。

③马尔梭（1769—1796），法国将军，曾在法国大革命中效过力。

三

在卡特琳娜的图利埃里的王宫，
路易曾在神父的面前下跪，
王后带着泪水和神秘，
微笑地看着英国的骑士们。

在黄昏闷热的雾气中，
一种既不是快乐也不是悲伤的
形态，在纺锤绞拧垂下，
高高的悬岩朝上和行星相对。
不停地纺。每天夜里
沐浴着星光和月光，
永不停歇地纺。

在列队对面，不伦瑞克立起支架；
对那些法国叛乱者处以绞刑，

需要的绳子可不少！

1883年3月13日

四

不幸的消息接踵而至，
突如其来。隆维[1]陷落。
视死如归的人们，
一脸憔悴地回到立法议会。

“我们失联于城墙边：
“只有两个人留在了每门大炮前：
“怯懦的拉维涅[2]逃跑了，
“军队溃散。还能做些什么？”

“去死。”议会的人说。
这些怪异的脸上流下泪水：

①隆维是法国东北部默尔特·摩泽尔省的一个城镇，在1792年8月26日被不伦瑞克率领的普奥联军攻陷。

②拉维涅是守护隆维的法军将领。

他们垂下头再次启程。

现在天上已没有危险，
列队的钟声响起；
啊，法国人民，救命！救命！

1883年4月10日

五

啊，公民们，你们听好了。昨天，
凡尔登为敌人把城门打开了：
城中卑贱的女人们向外国的国王们
大献殷勤，还向阿瓦图伯爵谄媚。
喝着白酒醉得一塌糊涂，
与骑兵和侍从们共舞。
凡尔登，懦弱的制糖者的城市，
在蒙受了这样的羞辱后只能死去！

但伯勒佩尔不想要

苟活于世，为明天也为我们，
拼尽全力与命运抗争。

古代的英雄们在天上对他列队欢迎，
还没有出世的人大声叫嚷道：
“啊，法国人民，救命！救命！”

1883年4月14日

六

黑色的旗帜飘拂在城市的堡垒上，
“后退！”他对太阳和爱人说。
轰隆隆的炮声响起，在恐怖的沉寂中，
每分钟都在响起警报声。
在紧跟不放的使者们面前，
一组古板严肃的雕塑就像所有人民。人民同心同德：
“为了祖国，每个人都该在今天战死。”

气愤的妇女们奋起抗争，

当着高大、惨白的丹东[①]的面，
催促着赤脚的子女们把武器拿在手里。

在昏暗中，马拉[②]看到
成群结队的男人走过，紧紧攥着拳头，
走过的地上残留着血滴。

1883年2月27日

七

他们的灵魂被
克尔特教士的目光所斜视，并讯问他们：
在阿维尼翁[③]的教廷式的塔上
狂怒的旋风席卷而来。

①丹东（1759—1794），法国大革命时期的政治家，大众协会就是由他创立的。任司法部长期间，他提倡把各革命政党之间的异己清除掉，遭到吉伦特派的质疑。

②马拉（1743—1793），法国政治家、医生、新闻工作者，法国大革命时期冒进派的代表人物。

③阿维尼翁是法国城市，1309年—1377年教皇被逐出罗马后暂驻于此，1791年归还法国。

阿尔比派人的激情，啊，加尔文派[①]
教徒们的激情太浓烈了，
你们的血在燃烧，
沦落的心在躁动。

于是出现了处罚和恐怖的法庭，
新世纪被巨大的阴影掩映！
啊，白种姑娘，你是法兰西的标志。

你从战栗的父亲身上越过去，
手上全是亲人的血，
即将去解救祖国于水火之中吗？

1883年4月25日于罗马

八

阿尔卑斯山的萨伏依出生了，
河流发出呻吟，清风在呢喃。

①加尔文派是法国改革派，曾被镇压，幸存下来的人基本上都去了国外。

铁的声音在这里响起，这是愤慨之声。
朗巴尔亲王夫人[①]，正和达巴迪交谈。
她停下来，黄发如流水，
一丝不挂地在道路中央站着；
一个理发师的身体余温尚存，
沾血的双手张开，似在找寻。

“好温暖，洁白又柔嫩！
“颈项间绽放着一朵百合花，
“小小的嘴唇和铃兰间的石竹花很是相似。

“赶紧到庙宇去，带着深海般的蓝眼睛，
“和卷曲的头发！我们把死亡的吉日呈献给王后。”

1883年2月11日

①朗巴尔亲王夫人（1749—1792），法国王后玛丽·安托瓦内特的密友，1769年和朗巴尔亲王成亲，次年亲王去世。她在太子路易与玛丽结婚时进入凡尔赛宫，后被玛丽王后选为亲随，次年任王后的内府总管。1792年，君主制垮台，她同王后一起到了牢里。她坚持拥护君主制。民众对其进行审判，后来把她的头砍下来，用长矛挑起送到王后窗前。

九

啊，头一次这么多人祝贺
法兰西国王！
在这混乱中，阴郁的高塔
在夜半消失。

中世纪时，“美丽的菲利浦”
曾在那里出现过，
最后的圣殿骑士[1]也曾在那里现过身，
最后的卡佩王朝要完成今天的倡议。

于是恐怖的队伍开始喊叫：
骄傲的头颅挥舞着长枪，
击打着窗子。国王低下身子
从悲哀的王宫的窗子
望着民众，因为圣帕尔托梅奥之夜，

①圣殿骑士是基督教的军事团体，1120年，为了保护朝圣者，由几名法兰西骑士发起。

祈求上帝宽宥。

1883年3月27日

十

野蛮人的马蹄声声，
是否吵醒了坟墓中的巴亚尔多？
在奥尔良[①]美好的山谷之中，
普尔切拉又把她的旗帜举起来了吗？
在上索纳和多风的加尔多
谁唱着歌走向
被树干遮挡的山谷？是健壮的
韦辛格托里克斯[②]和他红色的高卢人一起吗？

不，是迪穆里埃，是个间谍，心中
对天才念念不忘的孔代[③]，飞快地

---

①奥尔良是法国城市。

②韦辛格托里克斯是高卢部落阿维尔尼人的统领，曾于公元前52年起义，后被镇压。

③孔代是波旁王朝的重要分支之一，有九代亲王，这里指孔代亲王第四路易二世德·波旁（1621—1686），法国军事家、政治家，是17世纪欧洲最著名的统帅之一。

扫过军令。

他指向一列寂寂无名的山冈
说："就是此处，新的斯巴达[1]，
"法国幸福的'热门'。"

1883年4月27日于罗马

十一

在阿戈讷山[2]上，
在一个雾气弥漫、慵懒、泥泞的清晨，他醒来。
三色旗在瓦尔米磨坊上，
徒劳地向风和太阳发出祈求。

白种磨麦人，请不要太悲伤。
磨坊今天研磨的是将来的命运，
手无寸铁的民众组成的军队，

①斯巴达为古希腊最强大的城邦。
②阿戈讷山是法国东部山区。

为了运动的前进，把血都流干了。

“祖国万岁！”战火纷飞间，凯勒曼[①]
把他的剑举起来高声呼喊，长裤汉们的
史诗宣告完毕。

轰隆隆的炮声中，响起
《马赛曲》，这新时代的序曲
从阿戈讷的密林穿过。

1883年3月30日

十二

祖国的优秀儿女，前进，
炮声与歌声合而为一：
今天这个日子很好，
因为战争，张开了火红的羽翼。

---

①凯勒曼（1735—1820），法国将军，受到拿破仑重用。

把混乱与害怕都驱除，
普鲁士国王快滚回去：
把逃亡者、懦弱的流亡者[①]
还有饥饿、寒冷与顽疾都驱逐出去。

泥淖之湖大片的黑色，
在夕阳中摇摆不定，快乐阳光下：
山冈离荣光越来越近。

在摩肩接踵的人群中，
歌德走出来宣称：从此时此刻开始
世界的新时代。

1883年3月31日

①逃亡者、懦弱的流亡者指路易十六及其随从。

图勒[1]的国王

——据 W. 歌德的叙事诗

他是图勒的国王，
从来没有偏离过忠心：
一个金酒杯
是他的挚爱。

他只好这一口，
他总是将杯中的酒一饮而尽，
可是只要他喝得酩酊大醉时，
总是会痛哭不已。

---

①图勒是古代北欧的一个国家，其国王的故事歌德曾描写过。

终于到了最后的时刻，
他把自己所有的城市都悉数列举出来，
将所有城市都交给继承人，
但不包括那个酒杯。

在他祖先
奢华的宴会厅里，
他在骑士们中间坐着，
对面就是大海和城堡。

他把一生中最令人快乐的美酒
都喝下去，
把老酒鬼的酒杯
扔进了大海。

他看着它，慢慢
沉入水中不见了；

他慢慢闭上眼，
从此戒酒了。

1872年

布森托河[1]畔的坟墓

——据 A.V. 普拉滕[2]的叙事诗

在科森察的布森托河上，
夜间回荡着沙哑的歌声，
河中慵懒的漩涡
随波轻柔地流淌。

在河上和河下，
一些荫翳缓缓游荡：
哥特人在为阿拉里科[3]哭泣，

①布森托河是意大利南方卡拉布里亚大区的一条河。

②A.V.普拉滕（1796—1835），德国诗人。

③阿拉里科（约370—410），哥特人之王，侵犯意大利，摧毁罗马，在科森察市丢了性命。据说他的墓就在布森托河边，哥特人为防古罗马人破坏他的坟墓，将布森托河改道，待坟墓建好后，再将河道改回。

这是他们杰出的亡者。

他这么快就离祖国而去，
安眠在遥远的地方，
而他那头披肩长发
如今仍旧金灿灿的！

于是立于船头的哥特人
来到布森托河畔，
顺着河流
挖了一条新河道出来。

那里曾经有牛叫，
现在他们在那里刨土；
掩埋他的尸体，
他依然骑在马背上，手里还拿着战时的兵器。

把黄土盖在他的身上，
他的兵器依然雪亮，

河畔的青草在这英雄身旁
潮湿的坑里茁壮生长！

然后再将河流引回，
在那历史悠久的河床中，
布森托河再次在两岸间洒下
晶莹的浪花。

然后人们异口同声地唱道：
“安息吧，国王，安息在你的荣耀中！
“你的墓穴与对你的怀念
“不会遭到罗马人的损坏！”

歌声传唱不息，这歌声
飘荡在哥特人的队伍中：
奔腾吧，布森托河，
快速流淌在不同的海洋间。

1872年7月5日—6日

伦奇斯瓦莱山口

——据西班牙和葡萄牙传说①

"骑士们，停下来，停下来，
"国王让你们报数。"
数来数去，
不见了一人：
那就是唐·贝尔特拉诺，
战争中的翘楚。
在阿尔文托萨战场，
他以一敌所有敌人，
敌人们要想杀死他，
只能在那悲凉的山口②。

①此诗讲的是加洛林王朝的传说，写一个父亲寻找儿子的故事。
②悲凉的山口指伦奇斯瓦莱山口。

抽签七次
终于抽到一个去找他的人，
七次都被他父亲
这个老好人抽到；
其中三次都不是吉兆，
四次是凶相。
他把马勒松开，
抄上武器就去找，
晚上走大路，
白天就在丛林里钻来钻去。

这老人一路痛哭不已，
悄悄地落泪，
他向牧人们打听
这里有没有经过
一个手拿长矛
骑着栗色骏马的骑士。

“一个手拿长矛
“骑着栗色骏马的骑士
“我们没在这里见过，
“我们没见过任何人。”

他骑上马又去寻找，
最后来到伦奇斯瓦莱。
来到这丧生之处，
老人放慢脚步；
身边都是死者，
这令他更加疲惫；
他没有找到他的儿子，
连一点儿蛛丝马迹都没有；
随处都是法国人，
唐·贝尔特拉诺没有在这里出现。

他一边走一边对酒骂个不停，
他一边走一边对面包骂个不停，

不是基督徒的面包，
是撒拉逊人吃的面包。
战场上那棵形单影只的大树
也被他骂个不停，
因为天上的鸟，
都栖息在这棵树上，
不管是树枝还是树叶
都不能让他的心情好起来。

他低声咒骂，这骑士
身边也没个侍从：
如果长矛在路上丢了，
都只能自己捡起来；
如果马刺在路上脱了，
都只有自己穿上。
他还咒骂他的妻子，
应该多生几个儿子：
如果敌人杀了他，

连个给他报仇雪恨的人都没有。

从沙地边缘走出去时，
他紧张极了，
瞭望塔上站着一个黑人，
独自一人伫立守卫。
他用阿拉伯语向他询问，
他非常熟悉这种语言：
“黑人啊，愿上帝保佑你；
“黑人啊，请你实事求是地跟我说，
“这里有没有经过
“一个拿着长矛的人？

“你看到他时，是在深夜里
“还是在清晨？
“如果你能把他交给我，
“我会把一袋黄金送给你；
“如果他已死于你之手，

"请把尸首交给我带回去安葬，
"一具尸首如果没有灵魂，
"那就毫无价值。"
"朋友，请跟我说说，骑士，
"请跟我说说，他有什么特征？"

"长矛是他的武器，
"栗色的骏马是他的坐骑，
"他的右颊上有一个被
"鹰啄后留下的伤疤：
"在他年幼时遭到了鹰啄，
"才让他留下了这个疤痕。
"他长矛的头上，
"有白色的纱巾；
"上面还绣着
"惟妙惟肖的花。"

"朋友，这位骑士，

“即将死于这个牧场：
“他的双腿在水里泡着，
“身体在河里埋着。
“他的胸口伤痕累累，
“不知道致命的是哪一处伤口；
“因为阳光照进一个伤口，
“月光照进另一个伤口，
“秃鹰正在啄食
“最小的那个伤口。”

“我不觉得我的儿子有罪过，
“也不觉得黑人有罪过，
“我觉得他的马有罪过，
“它让他一直留在这里。”
啊，这太神奇了！谁能这样说，
谁能把这些话告诉他，
那匹垂死的马
很快开口了：

“不要由我来承担罪过，
“说我没能将他带回家。

“我拉了他三次，
“想把他救回来，
“他回击了我三次，
“想持续战斗，
“他松开我的带子三次，
“松开我的胸带三次，
“第三次他摔在地上，
“一下子要了他的命。”

1881年4月10日

杰拉多和加耶塔

——据K. 巴尔奇的古法语小说

加耶塔和她的德国姐姐奥里奥蕾
在周六的晚上，
结伴来到泉中洗澡，
夜凉如水，树叶轻摇：
在爱中沉醉的人睡梦酣甜。

骑士杰拉多走过来，
在泉边给加耶塔提供保护，
他轻柔地拉着她，
夜凉如水，树叶轻摇：
在爱中沉醉的人睡梦酣甜。

“奥里奥蕾，不要游太久，
“早点儿回来，我和我先生在这里等你，
“他深深地爱着我，对我很好。”
夜凉如水，树叶轻摇：
在爱中沉醉的人睡梦酣甜。

奥里奥蕾面无血色，快快游走，
她的眼中有泪花在闪烁，心里充满了悲苦，
她痛苦于不能再引领加耶塔，
夜凉如水，树叶轻摇：
在爱中沉醉的人睡梦酣甜。

“我太可怜了，”奥里奥蕾说，“我时运不济！
“我让我的妹妹在大山谷里待着，
“杰拉多要带走她，去他的故乡。”
夜凉如水，树叶轻摇：
在爱中沉醉的人睡梦酣甜。

杰拉多和加耶塔手牵手，
一起走向城市，
和来时一样，像是她已经和他结婚。
夜凉如水，树叶轻摇：
在爱中沉醉的人睡梦酣甜。

1881年1月

圣朱斯特修道院门外的朝圣者

——据 A.V. 普拉滕的叙事诗[1]

夜半时分，飓风骤雨。
西班牙修士们，请把修道院的大门给我打开。

请让我在神秘的神面前躺下来，
直到晨钟的鸣响传入我耳中。

把你们所有的都给我，
给我一口棺材和一件无袖长衣[2]。

①此诗写了风雨夜中查理五世到一家修道院祈求安宁死去的事件。查理五世即卡洛斯一世，是西班牙国王、古罗马帝国皇帝，退位后晚年在西班牙埃斯特雷马杜拉的尤斯特修道院度过。

②无袖长衣是僧侣的衣服。

把一个小房间和一点儿祝福给我，
对拥有半个世界的主人表示衷心的祝愿。

这个把教士头发戴在头上的人，
曾经戴过不少王冠。

这个身穿粗毛披肩的身躯，
曾经把帝王豹皮都穿在身上。

像古代帝国覆灭一样，
在看到坟墓之前我已经离开了这个世界。

1871年7月12日

道　别

诗人，或者更浅显地说是傻子，
这样的乞丐影子已离他远去：
向人们乞讨，
低贱疯狂地一边走一边嬉皮笑脸，
带着饭碗
和乞讨来的面包。

也不再是四处游荡的
无所事事的人，
他不再偷窥屋里
东睃西望，
目光一刻都没有离开过

天使和楼燕。

也不再是个园丁，
园丁是在乡村小路上走，
一生都和粪土
为伴，为先生们
种出菜花，为夫人们
种出紫罗兰。

诗人是了不起的手艺人，
肌肉因为这职业
而变得刚硬：
头总是高昂着，颈项笔直，
胸膛裸露在外，
手臂强劲，眼睛跳动着愉悦的光。

他称得上是一只虔诚的鸟，
清晨欢快着

飞向山冈，
他用风琴声把
火焰、节日，
以及烘炉旁的劳动叫醒；

火焰跳动着红色的火苗，
欢呼跳跃
闪闪发光，
先是呼啸，之后是气愤的低吼，
然后腾跃
暴跳于火炭中。

我不清楚这是什么；
上帝清楚，
上帝微笑地看着这了不起的手艺人。
在这烈焰中
可以找到
爱与思想。

他的父亲与他同胞的
回忆和荣光
都是由他铸就的。
不管是过去，还是将来，
都熔入
炙热的岩浆。

他把令人疲倦的
大锤握紧，
在铁砧上锤炼。
他一边锤，一边引吭高歌。
他的额头和粗制滥造的锻件
都沐浴在太阳的光辉中。

为了自由锤炼。
于是宝剑被锻造出来了，
于是勇士的盾甲被锻造出来了，

于是胜利的花环被锻造出来了，
光荣和美的王冠也被锻造出来了。

锤炼。
装点一新的灶台、
神龛和习俗被锻造出来了。
三脚架和祭台被锻造出来了，
罕见的装饰、宴会的杯盘
也被锻造出来了。

这可怜的劳作者
唯一的享受就是
给自己锻造出一簇
金色的射向太阳的箭矢，
看它如何飞升遨游，
洒下光辉。

1873年8月

野蛮颂

致奥罗拉[1]

啊，女神，你飞升上天，和云朵亲吻，
和大理石般的宇宙黑沉沉的穹顶亲吻。

你静静聆听后用冰冷的激动把森林唤醒，
猛禽的兴味被鹰的逃离带走了。

湿漉漉的树叶在呢喃时，幼鸟嘁喳个不停，
紫色的海面上，灰色的海鸥在欢鸣。

河流的欢快胜过疲惫的大地，
在杨树的低诉中震颤着闪烁的光点。

---

①奥罗拉是古希腊神话中的黎明女神。

栗色马驹昂起头，迎着风欢快嘶鸣，
在牧场上洒脱地驰骋。

敏锐的狗在茅舍用力叫着，
韵律感十足的叫声响彻山谷。

你始终年轻，永远年轻，
可是你把劳作的人唤醒却是对其生命的损耗。

这人若有所思地望着你，就像山野被白色羊群装点，
尊贵的牧羊人眺望天空。

清晨，歌声展翅飞翔，
就像那些牧羊人在你面前娓娓而谈。

“天上的女牧羊人，你这小心翼翼的修女赶走了星星，

“让天上成为红色奶牛的集中地。

“红色的牛群、白色的羊群
“还有阿斯维尼兄弟[①]钟爱的白马群都在你的指引下。

“像期待爱的年轻女子，
“来到河边迎接新郎。

“你笑意盈盈地让纱巾缓缓飘落，
“对着天空敞开童贞的身体。

“因为兴奋，酥胸颤动不已，面色潮红，
“像苏里亚的光芒。

“玫瑰般的玉手伸展，把
“那强壮的颈项紧紧抱住；但兴奋的目光快速挪开。

①阿斯维尼兄弟是神话中太阳神的儿子，双胞胎，为奥罗拉驾车。

“于是天上的骑士，阿斯维尼的双胞胎，
“用那黄金制成的马车迎接玫瑰色颤动不已的你；

“举目四望，对这荣耀的旅程进行衡量，
“神秘的夜晚，疲惫的神明在搜寻你的踪迹。”

“飞升吧，”牧人们祈祷道，
“你那玫瑰色的马车从我们的家飞过。

“从遥远的东方来到
“幸运、牧草茂盛和牛奶冒泡之地；

“在长鬃毛的小牛之间跳起舞来，
“天上的牧人，无数的子孙向你致敬。”

他们唱着咏叹调。但你对伊梅托[①]更钟情，
那是溪畔的清风，将花香送到天上。

①伊梅托是希腊的一座山，这里代指希腊。

那些敏锐的猎人胜过伊梅托让你欢欣不已，
他们的脚上穿着高靴，从露水上蹚过。

他们祈求上天，当你降临时，啊，女神，
可爱的红云会把密林和山冈挡住。

啊，女神，请你不要下来：刻法罗斯①被你诱惑，
已飞升上天，美得好像一个英俊的男神。

借助爱之风的力量飞升，伴着花香，
和婚礼的鲜花以及溪流的婚礼欢歌为伴。

金发缓慢把颈项盖住，把洁白的双肩盖住，
金箭筒被红丝带绑着。

拱门已倒；莱拉波仍然耸立不倒，

①刻法罗斯是奥罗拉的情人，古希腊神话中美貌的猎人。他被奥罗拉拐走，奥罗拉和他生下法厄同。

敏锐的鼻子在陛下身边闻来闻去。

啊，一位女神吻着露水！
啊，在这清爽的世界里这爱馥郁芬芳！

啊，女神，你也爱？可是我们已经很累了，
美丽的女神，你的面容在城头出现了。

微弱的灯光慢慢变淡，自以为快乐的一群
回到家，连一眼都没有看你。

一个工人气愤地捶着门，
对这备受折磨的日子大声咒骂。

也许只有一个恋人和他可爱的女人一起
睡去，她的热吻流进他的血液。

对于愉快地面对你的冷风和面庞灵活应对。

“请带着我，”他说，“奥罗拉，去你的火的战船上去!

“带我去星的战场，我从那里俯瞰大地，
整个大地都微笑着沐浴在你的光辉中。

“我看到我的女人沐浴着太阳的光辉，
“阳光从黑暗穿过，在你的胸中燃烧。”

1876年1月

在卡拉卡拉浴场前面

在切立奥[1]和阿文廷[2]之间
阴云在驰骋：在凄怆的大地间，
温润的风在奔跑：后面是阿尔巴山，
山上白茫茫一片。

一个英国女人站在
灰色的建筑前，头上是一顶绿纱巾的帽子，
正在翻看着一本导游书
试图找到挑衅神明与时间的罗马城墙。

---

①切立奥是古罗马城中的一座小山。
②阿文廷也是古罗马城中的一座小山。这样的小山在古罗马城中一共有七座，因此被称为七丘城。

一大群乌鸦嘶叫着，
仿佛冲着两边的城墙飞过去。
城墙兀然而立
朝天空示威。

“历史悠久而伟大的城墙”，像一群占卜师
正气愤地发问，“你要天空给你什么？”
压抑的钟声
从拉特兰宫传来。

一个穿着长袍的乔恰里亚人，
在茂密的野草中吹着单调的口哨，
他直直地走过去。我满怀激动，向眼前的神
发出祈求。

倘若你觉得眼泪汪汪的大眼睛，
还有摊开胳膊祈求你的母亲们的眼睛

很和蔼，啊，女神，这些母亲
把头低下去（向着她们的儿女：
倘若你觉得巍峨的宫殿之上
历史悠久的祭台依然亲切地和
台伯河[①]相伴，夜晚
在坎皮多利奥
与阿文廷之间游行
这古罗马的后代
居高临下地看着这座方城[②]，
太阳兴致盎然，唱起歌颂农神的赞歌）；

那么，你应该听听我。新人[③]
带着偏狭来到此处，
这种恐惧含有宗教意味，古罗马
女神就在此处睡着。

---

①台伯河为意大利第三长河，源出亚平宁山脉富默奥洛山西坡，向南穿过一系列山峡和宽谷，流经罗马后，于奥斯蒂亚附近注入地中海的第勒尼安海。

②方城是古罗马的别称。古罗马最早建在台伯河东岸、帕拉蒂诺山顶，呈方形。

③新人指现代人。诗人觉得他们根本不敬畏古罗马。

祈求的帕拉蒂诺山是她的枕头，

阿文廷和切利奥之间横放着她的胳膊，

卡佩纳托着她强健的肩膀，

一直延伸到阿皮亚大道[1]。

1877年4月14日

①阿皮亚大道是古罗马时代修建的一条军事要道。

在克利通诺河[①]的发源地

山上刮起阴郁的风，白蜡树在摇摆，
像在低语，
树林中的鼠尾草和百里香的
香气伴着微风袭来。

啊，克利通诺河，在水汽弥漫的傍晚，
羊群从山上来到你身旁：来到你这翁布里亚的少年身旁。
起伏间出现
扭动的山羊，此刻

①克利通诺河是意大利翁布里亚大区的一条小河，在佩鲁贾市附近汇入台伯河。

形容枯槁的母亲赤裸着双足，
坐在农舍旁望着少年唱歌，
小女孩一边吃奶，一边望着母亲，
圆圆的脸上笑意盈盈。

父亲忧心忡忡，也像古代的农牧神一样
把羊皮裹在身上，
驾着被强健的小牛拉着的牛车，
上面还有画，

这些小牛肩膀宽阔，
头上还有弯弯的角，
眼睛柔和、洁白，这种温和恭顺
是维吉尔①所钟爱的。

亚平宁山上，缥缈的白云

①维吉尔（前70—前19），古罗马诗人，代表作有田园抒情诗《牧歌》《农事诗》、史诗《奥涅阿斯纪》，等等。

投下暗影：庄严、宏大、苍翠的
翁布里亚和
周围连绵起伏的山脉遥遥相望。

啊，翠绿的翁布里亚，
克利通诺河的源泉之神就是你！在我内心深处，
历史悠久的祖国就是你，在广袤的地平线上，
意大利的神祇让我的翅膀扇动起来。

圣河畔垂柳的阴影
是谁带过来的？你沉醉在
亚平宁的风中，啊，柔和的树木，
平和时代的爱意就是你。

你与凛冬交战而神秘的历史在战栗，
裹挟着五月黑色的圣栎，
青翠的常青藤绕在
圣栎的树干上。

一些像勇猛的卫士的杉树，
耸立于这神明的涌现之地；
你在阴影里高唱赞歌，
啊，克利通诺河。

啊，你见证了三个帝国，
你像庄严的翁布里亚人
在残酷的决斗中，对手拿长矛的轻骑兵礼让三分，
正在形成雄壮的埃特鲁斯坎。

像是来自奇米诺山[①]，
从一个个乡镇跨过去，
之后来到格拉迪沃，把
古罗马骄傲的图腾立起来。

而你却是波澜不惊的，对于意大利的共同神明，

①奇米诺山是意大利翁布里亚大区的一座山。

每个人都是需要的，不管是成功者，还是失败者，
此时布匿人的怒吼，
从特拉西梅诺湖上传来。

有呐喊声从你的洞穴传出来，山上
传来响应的军号：
“啊，你在雾气弥漫的
“梅瓦尼亚放牧牛群，

“你低下身子，在纳尔河的左岸
“进行耕种，在苍郁的斯波莱托，
“你在砍伐树木或者在
“宏伟的托迪[1]结婚。

“让肥牛就在芦苇荡待着，让褐色的
“公牛就在犁沟待着，让楔就在
“歪斜的橡树上待着，让新娘

①托迪是翁布里亚建在山上的一座古城，城内有非常有名的教堂。

"就在祭坛上待着；

"狂奔，狂奔，狂奔吧！带着斧子，
"带着箭矢，带着棍棒；
"狂奔吧，残暴的汉尼拔[①]
"对意大利的神明造成了威胁。"

啊，为了这些连绵起伏的秀美山峰，
太阳光笑意盈盈，当高高的
斯波莱托目睹这些山峰在雀跃，
废墟在消退。

摩尔人纹丝不动而诺曼底人的马
在战乱中奔跑，一群身着铁甲的人
坐在它们背上，他们泛着油的烈火，
高唱凯歌！

---

①汉尼拔是北非古国迦太基名将。

现在尘埃落定。一种崇敬之情
从沉默的旋涡中情不自禁地升起：
颤动的河水，
仿佛一面透亮的镜子。

它向最低处的小树林
偷笑，小树林正悄然分枝：这翠玉
像是与紫晶结合于
温柔的爱中。

它仿佛蓝宝石之花，那白光
如金刚石一样冷峻，
不惧严寒在绿色之源的
宁静中召唤。

一条条河流流淌在
山脚和阴影的橡树下，啊，意大利，你的赞歌就是这
河水。

仙女们就在此生活，
神圣的婚床就是这里。

蓝色的水神涌现在
温柔的幕中，为宁静的夜
在山上高呼
褐色头发的姐妹，

还在无边的月光中
带领人们翩翩起舞，齐声欢唱
永恒的贾诺[1]，多少爱
把卡梅塞娜[2]打败了。

他在天上，她是当地不让须眉的
女子；这迷蒙的亚平宁床，
流云给这伟大的交媾做掩护，

①贾诺是古罗马神话中的过渡神，有向前和向后两副面孔。
②卡梅塞娜是贾诺的妻子。

意大利人由此产生。

现在尘埃落定，啊，孤单的克利通诺河，
所有一切：你的那些孤寂的庙宇
朝你走去的只有一座，你这穿紫袍的神
并未端坐在其中。

你的神圣的河流干涸了，
驱赶着牛群，这牛是古罗马人
用来供奉给先祖的祭品：罗马
不再对胜利欢呼雀跃。

不再欢呼雀跃，然后一头红发的
加利利人[①]登上坎皮多利奥，
把一个十字架放下来，说：
“奴隶们，抬上出发。”

①加利利位于巴基斯坦北部，加利利人指耶稣基督，这里指基督教教徒。

仙女们仓皇而至污浊的河边
在母性的内心痛哭，
气愤地叫着
如云般消失在山上。

这时一群怪异的人，一袭黑衣，
缓缓前行在
光秃秃的白色庙宇与破败的廊柱间，
一边走一边做着祷告。

这时在人们忙碌的田野上
响起洪亮的声音，对帝国的追忆
变成一片荒漠，这荒漠告诉人们，
上帝的国土就是这里。

夺走这怪异的一群，向神圣的
农民，向希冀的老父们，向美艳的妻子们；
这些应该受到诅咒的人

正被神四处祝福着。

生活和爱的该诅咒的人。
他们在悬崖和洞穴，
怀着激动和
上帝的苦痛合而为一。

他们来到荒芜的城市，一脸沉醉，
不断祈祷十字架，渎神者们
低贱之人。
啊，人的灵魂要么安息在伊利索河[1]，
要么安息在高耸的泰博罗山边，
直起腰，暗无天日的岁月已经成为历史，
人已复活，国家已振兴。

啊，你这永不言败的年轻人的母亲，
将土块敲碎使耕地恢复，

①伊利索河是希腊的一条河。

像马驹驰骋于战火中，
意大利的母亲。

生活因为你这饲草、葡萄、亘古不变的律法
和杰出的犁的母亲而变好，
啊，给你唱一首古老的颂歌，
这使我呈现出新的面貌。

高山在欢呼赞歌，郁郁葱葱的翁布里亚
森林和河水也在欢呼：在我们面前热气蒸腾
希冀新的工业
在蒸汽中飞奔。

1876年6月14日

罗　马

罗马，我自豪的灵魂，朝你的上空飞去，
啊，罗马，请收下它，请把我闪闪发光的灵魂收下。

我不是为了找寻你的碎片才到这里来，
在提图[①]拱门之下搜索蝴蝶谁能做到？

倘若在蒙特奇托里奥[②]，有个名叫斯特拉代拉的怪异酒贩[③]
卖弄皮埃蒙特的小聪明[④]和我有什么关系？

---

①提图（39—81），古罗马皇帝，为了对他的胜利表示祝贺而建的拱门，位于古罗马市中心，又叫提图凯旋门。

②蒙特奇托里奥是意大利众议院所在地。

③酒贩指戴普雷缔斯（1813—1887），他出生在斯特拉代拉，曾多次出任首相。

④皮埃蒙特的小聪明指玩弄权术，意大利的统一运动开始于皮埃蒙特，其中的资产阶级政客善于玩弄权术，相互妥协利用。

倘若比埃拉的纺织家奋力抗争，

如同你的网里有一只蜘蛛在抗争，又和我有什么关系？

罗马，抱紧我吧，啊，罗马，暖暖的阳光照耀着我，

我沐浴在你广袤的晴空下。

晦暗的梵蒂冈、奢华的奎里纳尔宫，和废墟中历史悠久

又神圣的坎皮多利奥都沐浴在阳光下。

啊，罗马，从七座山丘，你张开双臂拥抱

和风中欢乐的爱人。

啊，这神圣的婚床，卡帕尼亚[①]一片静谧！

这永久结合的见证人就是你——灰色的索拉特山。

①卡帕尼亚是古罗马城的一片平原，诗人将这里视为古罗马爱人们结合的婚床。

阿尔巴山，快欢快地唱起祝婚诗，

绿色的图斯科洛[①]，尽情地唱吧，水量丰富的帝沃利[②]。

此刻我在贾尼科洛对这伟大的罗马进行观赏，

它如同一艘大船朝世界帝国开去。

船头朝辽阔高远的长空刺过去，

我的灵魂向神秘的海滨驶过去。

在美丽的霞光中，

沿着弗拉米尼亚大道[③]缓缓前行。

我的额头被极限时刻[④]的羽翼悄无声息地碰触，

①图斯科洛是古代一座城镇，在古罗马城南郊，古罗马人多到此处度假。

②帝沃利是古罗马东部建在山上的一个市镇，有很多温泉。

③弗拉米尼亚大道是古罗马的十四条大道之一，通向北方。

④极限时刻指死亡时刻。

我却没有察觉到，仍然在寂寞中无声前行。

我从一丛丛阴影中穿过去，神圣的河堤出现在我的眼前，

父辈们伟大的灵魂在窃窃私语。

1881年10月9日于罗马

在圣佩特罗尼奥[1]广场

晦暗的寒冬，耸立着处处是高塔的博洛尼亚，
山上的白雪笑意盈盈。

这个时刻是美好的，因为高塔和庙宇
在慵懒无力的太阳的照射下，佩特罗尼奥这是你的庙宇。

塔上的画眉振翅从高塔飞过，
从庙宇庄严而孤单的尖顶飞过。

①佩特罗尼奥于433年—450年为大主教，博洛尼亚市流传着不少和他有关的传说，认为正是因为他，该市才获得了自由，后被尊为这座城市的保护神，故称为圣佩特罗尼奥，诗中的广场建在圣佩特罗尼奥教堂前。

凛冬中的蓝天闪着金刚石的光芒，
空气仿佛笼罩在银色的纱中。

市场，宏伟建筑慢慢不再清楚，
祖先伸出持着圆盾的手臂也是模糊一片。

太阳停在塔顶
含笑看着疲惫的紫罗兰。

在灰石与红砖间，
这花朵格外鲜明，像是在把世纪的灵魂唤醒。

这种愿望是炽烈的，
把红色的五月唤醒，把温暖的馥郁的夜晚唤醒。

迷人的女人们在广场上尽情舞蹈，
执政官们带回被俘的国王。

文艺女神微笑着看着诗歌，
诗中流露出对古老之美的向往。

1877年2月6日—7日

在阿达河[①]上

你日夜奔流在金星粉红色的火光中，
你奔流，碧蓝的阿达河：莉迪亚的
心中荡漾着温柔的爱意，在夕阳中，
在平静的河面上航行。

转瞬之间，那座让人印象深刻的桥已经不见了踪影，
晴空占据了原本属于高耸的穹顶的位置，
广阔大地正在低语，
平静如无波的水面。

洛迪的破败的城墙慢慢远去，
黑色的城墙和绿色的斜坡、

①阿达河是意大利北部的一条大河，汇入波河。

柔和的山冈相互攀附，
人类的史迹，再见了。

当古罗马的战神与蛮族
打得难舍难分时，米兰人
在此报仇雪恨，
把意大利的战火点燃。

你依然流经拉里奥[1]
至埃里达诺[2]，啊，阿达河，满怀和平的向往，
发出持续洪亮的声音，
往宁静的草地流去。

当战火纷飞
包围了即将垮塌的桥时，
在稚嫩的小手中，

①拉里奥即米兰北部的科莫湖。
②埃里达诺是神话传说中的一条河，这里是指意大利最大的一条河流——波河。

命运已经走过了两个世纪。

你对凯尔特人和条顿人[1]的鲜血
进行清洗，啊，阿达河，流淌吧：微波的
水面上飘荡着富氧的轻烟，
吹散了腐蚀的浊气。

闪电的尾音在消逝，
散落在凹弯的小湾中：雪白的牛
目瞪口呆，不再
看着河面，转头举目远眺。

此刻庞培的鹰在何处？冲动的
索亚维亚陛下的鹰
与白色河流的鹰在何处？
你仍奔流不息，啊，碧蓝的阿达河。

---

①条顿人是古代日耳曼人的一个分支。

你日夜奔流在金星粉红色的火光中，
你奔流，碧蓝的阿达河：莉迪亚的
心中荡漾着温柔的爱意，在夕阳中，
在平静的河面上航行。

在空气端庄的欢笑中，
大地在震颤：每一浪都在燃烧，
爱的火光
也因此被激发。

春意盎然的潮湿草地
有迷人的花香，河水轻笑
泛起浪花，
响起亲切柔和的声音。

树木一掠而过，灿烂的阳光流过
富饶的河岸和
田野上的棵棵大树，

它的路标就是那样的。

飞过树梢，飞过繁盛大地的
篱笆间，追逐着金色和玫瑰色地区的
快乐的鸟儿，
满含着爱意。

你日夜奔流在金星粉红色的火光中，
你奔流，碧蓝的阿达河：莉迪亚怀着满满的柔情，
平静的河面上
弥漫着芳香的微风。

沐浴着金灿灿的太阳，
你和厄里达诺斯在肥美的草地间合而为一。
在晚霞中，
精神抖擞的太阳下山。

啊，太阳，啊，奔流的阿达河，灵魂

紧随其后，朝埃利西奥[1]奔过去。
啊，莉迪亚
它和彼此的爱消失在何处？

我不清楚，但是我将离别人远远的，
沉浸在莉迪亚浓浓的爱意中，
在那目光中，
无名的渴望与神秘在飘荡。

1873年12月8日于博洛尼亚

①埃利西奥是传说中为高贵灵魂设立的美丽花园。

纪念拿破仑·欧杰尼奥[1]之死

这个被野蛮人胡乱用标枪
射死的人，合上闪光的眼睛，
那眼睛如同活的幽灵一样带着笑意，
在无垠的蓝色中闪闪发光。

另一个[2]，无比讨厌地和奥匈军衣亲吻，
凛冽清晨的
起床号和战鼓堕入他的梦乡，
像枯萎的风信子花一样倒下去。

①拿破仑·欧杰尼奥（1856—1879），拿破仑三世的儿子，在对南非进行侵犯时死于祖鲁人之手。

②另一个，指拿破仑·弗朗切斯科（1811—1832），拿破仑一世的独子，父亲去世后随母亲回到外祖父家，因过于淫荡而死。

两个人都对远方的母亲充满了希冀；童年
柔软的金发
也仿佛对母亲温柔的触摸
充满了渴望。可是
年轻的灵魂，在黑暗中出现，
毫无宽慰，也不爱祖国
也不以祖国为荣
齐头并进的说辞。

啊，奥尔滕西亚之子，错了，
你向少年承诺的并非如此，
你祈祷他
不要去做罗马之王，以免遭受厄运。

小家伙因为塞瓦斯托波尔[①]式的胜利与和平
扇动洁白翅膀发出的声响而安静下来，
欧洲佩服不已。

---

①塞瓦斯托波尔是乌克兰的一个城市，位于克里米亚半岛。

圆柱灿烂如灯塔。

可是在十二月和雾月
泥泞太严酷了，雾气太凶险了。
灌木也不会在那样的风中生长，
唯有废墟与毒物。

阿雅克肖[①]的孤单住所，
它绿色的大橡树身姿摇曳，
土丘现出一片安宁，
大海在它面前波涛阵阵。

莱蒂齐娅[②]这个意大利姓名在那里
已经响彻了多少个世纪，
她嫁作人妇，成为快乐的母亲，
啊，在那里，时光转瞬即逝！

①阿雅克肖是科西嘉首府，拿破仑一世的出生地。
②莱蒂齐娅·拉毛蒂诺（1750—1836），拿破仑一世的母亲。

国王们的王座被最后的闪电毁坏，
让各国人民拥有统一的律法，
啊，执政官，你一定要引退，
退到海边，退到你信仰的上帝身边。

莱蒂齐娅如一道阴影在
空荡荡的家中居住；她没有因为恺撒的光
获得荣耀：科西嘉的母亲
生活在坟墓与悲惨中。

对她的命运有决断权的人的眼像鹰一样，
女儿如清晨的阳光一样，
孙子们心怀期待，
大家都已死去，离她愈加遥远。

晚上，科西嘉的尼俄柏
在门口站着，

儿子们就从那里洗礼并离开，手臂
朝波涛滚滚的大海强劲地伸过去。

她打探，打探，打探从美洲、
从不列颠、从酷热的非洲
死神会把她的一些遭受厄运的子孙
带回来。

1879年6月23日

致朱塞佩·加里波第[1]

专员，孤身一人，站在队列的最前面，
脸色极其难看，安静地把披巾[2]披上，
骑上骏马，大地莽莽，
一片灰暗，天色阴沉，四周都很冷。

他的马前行在
泥淖中。有规律的脚步声
从身后传来。黑夜里响起
英雄们不间断的叹息声。

①朱塞佩·加里波第（1807—1882），意大利爱国志士及军人，许多军事战役都是由他领导的，对于意大利统一事业，他功不可没，被誉为意大利建国三杰之一。这首诗是诗人在米兰为其建立纪念碑时所写。

②披巾指加里波第的红巾，他在战斗时总是披着红巾，红巾已经成为他的专属标志。

这声音来自一具具发黑的尸体，
这声音来自一片片殷红的血迹，
横尸遍野，
啊，意大利的母亲们啊，那都是你们的子女。

灵魂如天上星辰一般飞升，
发出的声响像人们在歌唱，
神圣的罗马在背后，
凯歌在空中回荡。

彼得和恺撒达成协议，
蒙塔纳便开始出现世纪横祸。
啊，在蒙塔纳，加里波第，
你一脚把彼得与恺撒的盟约踢飞了。

你是阿斯普罗蒙特荣耀的反叛者，
你是蒙塔纳尊贵的复仇者，

你抵达巴勒莫和罗马[1]，
抵达坎皮多利奥，向卡米洛[2]倾诉。

这是无数灵魂神秘的声音，
在怯懦的狗声嘶力竭吠叫的日子
在整个意大利的天空回响，
这些狗对它们主人手中的木棍惧怕不已。

今天意大利对你顶礼膜拜。新罗马
把你叫作新罗慕路斯[3]。
啊，神圣的人，你飞升上天。死亡
害怕靠近你，唯有悄然逃遁。

你可以给成群的灵魂下命令，
召集若干个世纪的伟大人物，
举行神圣会议

①指加里波第率军攻占西西里并朝罗马发动进攻。
②卡米洛是古罗马将军，公元前390年把高卢人驱逐出去，古罗马因此解放。
③罗慕路斯是传说中古罗马的建城者。

对国家的前途进行商议。

你升得高高的。但丁对维吉尔说：
“这么尊贵的英雄，我们从来没有想起过。”
维吉尔笑着说：
“啊，我的诗人们，真正的英雄是他。

“这位坚毅勇敢的人，
“是意大利历史上的英雄，
“他为正义而奋斗，他
“深谋远虑，传扬伟大的理想。”

伟大的父亲，你是光荣的。你那
伟大的心跳跃于
埃特纳，跳跃于无数山峰间，
面向粗鲁的人和暴君跳动。

你那颗温和的心

在蓝天、碧海和鲜花

遍地的五月天空绽放着迷人的笑容，

对着英雄们永恒的纪念碑发出迷人的微笑。

1880年11月4日—5日

米拉马雷[①]

啊，米拉马雷，在大雨将至的天空中，
你那些白塔显得更加阴沉，
浓云压城，
残暴的鸟在空中盘旋。

啊，米拉马雷，汹涌澎湃的大海
面对着你那灰色的花岗岩岸
像是在吼叫，
波涛滚滚。

阴云笼罩的海湾格外忧伤，

①米拉马雷是意大利里雅斯特市的一座城堡，由哈布斯堡大公马西米利亚诺于1856年—1860年修建，是送给他未来妻子的爱巢。

多塔的城市[①]在瞭望
穆贾、皮拉诺、埃吉迪亚和波雷奇[②]，
仿佛海上一颗一颗明珠。

翻涌的浪涛在大海的推动下
朝礁上的城堡奔过去，
在那里你可见到这亚得里亚海的两种风景，
可见到哈斯伯格市的重要枢纽。

纳布雷西亚纳的上空巨响轰鸣，
顺着红褐色的海岸，
云间道道闪电降落在
遥远的里亚斯特头上。

那个四月甜美的清晨仿佛
一切都含着笑，那个金发皇帝

①多塔的城市指威尼托地区的城市。过去，各大家族纷纷在自己的宅邸修建高塔，以彰显实力。
②穆贾、皮拉诺、埃吉迪亚和波雷奇都是小城镇。

带着漂亮美丽的女人启程，
去海上航行！

他沉静的面容上浮现
出帝国的伟大，他的女人
望着大海
露出自豪的神情。
再见了，为了美好岁月而建的城堡，
这爱巢的建立不过是徒劳的！
又一阵微风从这对夫妻身旁吹过
隐居在海上的巢穴。

他们满怀希冀从大厅离开，
那里见证过胜利，
盛满了智慧。但丁和歌德
劝告陛下的行为都是徒劳的。

斯芬克斯在那些油画间，

扫视茫茫海涛，
它往后退，任由那部小说
那样翻开。

我们清楚地知道，那不是爱的歌，
也不是探险，那里阿兹台克人
在西班牙表演吉他，在那里
和清风相伴。

来自悲伤的萨尔沃雷角[1]浪涛中
沙哑的声音是不是挽歌？
歌唱的人是威尼托的死者还是
伊斯特里亚年华已逝的美人？

“喂！你这可恨之人到了我们海上，
“哈斯伯格之子，倒霉的‘诺瓦拉号’
“依里逆司与你同行，一脸沉郁，

[1]萨尔沃雷角是伊斯特里亚半岛西段之角。

“面纱随风飘扬。

“你看斯芬克斯的脸色变了，
“面向你一脸沉郁地往后退！
“那是癫狂的乔瓦娜[1]苍白的脸，
“她是你妻子不共戴天的仇人。

“安托瓦内特被绞断的头颅在那里，
“他曾经讥笑过你。双眼已经腐烂，
“依然注视着你，那是蒙提祖玛二世[2]
“让人害怕的黄色的脸。

“在硕大的龙舌兰丛中，
“即便有风也不能动摇这树丛分毫，
“它像金字塔一样
“青黑色的火焰在那里立着。

①乔瓦娜是哈布斯堡王朝马克西米连一世之子菲利普的妻子，在菲利普死后成了疯子。
②蒙提祖玛二世是第九任特拉托尼，古代墨西哥阿兹特克帝国特诺奇蒂特兰城的君主。

“从阴暗的热带丛林穿过，上帝
“维奇洛波奇特利，你的血已有所察觉，
远海上波涛滚滚，
“你喊道：‘过来！
‘我已久候，白人的恐怖
‘把我的王国摧毁了，我的庙宇成为灰烬，
‘你就是献给我的祭品，啊，
‘卡洛五世的侄子。

‘你的祖先没有因为我脸上无光，
‘或是让他们气愤不已；
‘我爱你，欢迎你，你是
‘哈布斯堡重生的花朵。

‘太阳亭[1]之下，

①太阳亭是阿兹特克人所说的天堂。

‘库奥赫特莫克皇帝[①]伟大的灵魂，

‘我把祭品献给你，啊，它是圣洁、强大、迷人的

‘马西米利亚诺。’”

1878年8月17日

①库奥赫特莫克是阿兹特克的末代皇帝，西班牙入侵后被抓获，忍受了无尽的折磨以后于1524年被杀害。

秋晨的火车站

啊，那些灯照在树后，
太慵懒了，
枝叶间雨滴答滴答，
对着泥泞的地面，灯光直想睡觉！

附近蒸汽机车发出
聒噪、哀婉的汽笛声。铅灰色的
天空，秋天的早晨
仿佛庞大的幽灵把万物都覆盖其中。

黑色的车厢被火车拉着，车厢里，人们
瑟缩着不发一言，这车要往哪里驶去，

又是为了什么？远方的痛苦
或热望的煎熬，它难道不知道吗？

莉迪亚你也满腹心事，毫无表情地
把车票递给监票人剪掉，
在你眼前，迷人的时光
转瞬即逝，短暂的欢乐与回忆也是如此。

冗长的黑色列车驶离了这里，
戴着黑帽的巡道员像一群黑影
从这里走过，昏暗的灯和铁棍
在他们手里拿着：那是铁锤
想要击打出凄凉的
长音，幽怨的回声
回荡在灵魂深处，
心中的苦痛与之相呼应。

车窗格外用力地

被关上，像是快速把
最后的嘲笑发出来。
大滴的雨流过玻璃窗。

这是一个奇特的物体，它知道它的
铁的灵魂，喷着气，摇摆着，喘息着，眼中
迸发出火；黑暗中汽笛声响起，
挑衅空间。

凶恶的怪物在奔跑；令人畏惧的拉力
仿佛要带走我的可爱的人。
啊，莹白的脸庞和美丽的纱巾，
挥舞着渐渐在黑暗中全部消散。

啊，白里透红的可爱容颜，
啊，明亮淡定的眼眸，
啊，鬈发间
光洁的额头

亲切地稍微向前倾。

生活在友善的氛围中太让人兴奋了，
万物欣欣向荣的夏天太让人兴奋了，
六月火辣辣的太阳
愉快地用光吻着
栗色长发辉映下的
柔和的脸颊，我的梦
是美过阳光的月晕
再次包围可爱的人儿。

在雨中，在雾里，
光阴倒流，我愿同它们合而为一；
我像醉汉般踉踉跄跄，我触摸自己
才意识到我还不是幽灵的躯体。

啊，树叶飘落，寒冷，
连续，沉默，抑郁，飘落心底！

我笃信我孤单，永恒，
整个世界是萧索的十一月。

感觉不到自己存在的人真好，
这影子确实好，这雾气确实好。
我要，我要让自己陷入
永久的烦恼中。

1875年6月25日

莫尔斯

——白喉[1]流行时

我们各家被这个凶神临幸了，
拍打翅膀的隆隆声远远传过来，

还有翅膀落下的冰冷的阴影，
周围都变得凄清、沉静。

在它降临时男人们把头低了下去，
女人们的胸膛上下起伏着裂开了。

七月的旋风尽管不少，风的吼叫声

①白喉是白喉杆菌引起的急性传染病。

不会出现在高处丛林间和苍翠的山顶上。

树木无声摇摆像是静止着，
唯有溪水在树间叮咚作响。

它走进，旋转，触碰；坚决、果断地
吹倒了枝叶苍翠的灌木；

它把金色的穗和一串串绿色的果收走了，
把迷人的新娘和漂亮的姑娘也收走了。

还包括那些小伙子，黑色羽翼裹挟着粉色的臂膀，
在阳光下，这黑翅舒展开来，乐不可支。

父亲的脸上写满悲戚，
沉默的冰冷女神，多少稚嫩的生命死在你的手里！

节日的欢笑之声再也不会从那里的房间传出来，
也不会再传来低声细语，仿佛五月鸟巢中叽喳的叫声。

快乐的成长岁月的声响再也不会从那里传出来，

也不会再有爱的抚慰，和与欢歌相伴的舞蹈。

在冰冷的空气中，那里侥幸活下来的人日渐衰老，他们

依然仔细聆听你卷土重来的怒吼，啊，女神。

1875年6月27日

在马里奥山[1]上

马里奥山顶上，杉树庄重站立，
空气明亮沉静，
悄无声息地从灰色的田畴越过去，
凝视着台伯河。

凝视着罗马缓缓地
舒展开，像一个高大的牧羊人
心无旁骛地赶着羊群，来到
圣彼得的现身之处。

在山顶，他们与光明的山冈融为一体，

①马里奥山是罗马附近的一座小山，现在已经是罗马市一个繁华的街区。

朋友们，你们混合透明的葡萄酒，太阳的光芒
照射着你们。你们的脸上带笑，啊，多么美丽。
可明天清晨我们就会离开人世。

拉拉杰，在馥郁芬芳的树林，
只有代表着永恒荣光的月桂，
啊，当你褐色的头发经过时
散发出熹微的光芒。

在深思一般飞翔的诗歌间，
令人愉悦的奖杯与甜蜜的
玫瑰花被授予我，在冬天
开放一阵以后，这花儿就会死去。

明天我们都会离开人世，就像昨天
我们爱着的人一样离开人世。消散在记忆里，
消散在感情里，不甚分明的影子
逐渐淡化散去。

我们终将离开人世；赋予万物生命的
太阳仍将永不疲倦地照耀着大地，
每分每秒都有若干个新生命升起，
如火星一般。

生命中再次被新的澎湃的爱充满，
生命中新的战斗再次激励着人们，
合唱未来的歌献给
新的神祇。

新生的一代，你们将会接过
我们手中的火炬，你们也终将
隐去，成群结队的人满含希冀
去永恒中。

再见了，我生命中转瞬即逝的思想的母亲，
你是大地，是生命退隐的地方！和你一起

围绕在太阳身边的
有多少永久的荣光与痛苦。

只要在赤道之下，
在蒸腾的热量之下，
子孙后代将绵延不断，
人类只分男女。

你们在山下的废墟中站得笔直，
在已死的黑色树林中间，它们在永恒的寒冰上，
用黑色的眼睛看着你，
太阳，正在下山。

1882年1月29日于罗马

夏天的梦

在战火纷飞的时刻，荷马，
你在光辉灿烂的诗中打败了我。我垂下头
进入斯卡芒德罗河[1]岸的梦乡，但我的心已逃到
第勒尼安海[2]滨去了。
梦吧，让崭新岁月的宁静进入我的梦中。
将那些书本丢在一边，七月的阳光照耀着房间，
马车在城中卵石路上络绎不绝，
发出巨大的声响，视野开阔，眼前又出现故乡的山冈，
四月的花朵开满了野山，更显活力，

---

①斯卡芒德罗河位于土耳其境内，从特洛伊平原经过，荷马所著的《伊利亚特》的故事就是在这一带发生的。

②第勒尼安海是地中海的一个海湾。在意大利西海岸与科西嘉岛、萨丁尼亚岛、西西里岛之间。

雨水顺着山坡一路往下汇聚成一条小溪。
我的母亲依然年轻、身强力壮。
在溪边漫步，牵着一个一头金发、
身穿白衣的少年，红光满面。
那少年小小的步伐中充满了骄傲，
他骄傲于母亲的爱，他的心情很激动，
因为和谐的大自然所带来的伟大的节日氛围。
但这时传来了城堡的钟声，
宣布明日基督将回归他的天空；
春的精神节奏像清风
从山顶、平地、树梢和水滨拂过；
白花红花在桃树苹果树上灼灼盛放，
黄花蓝花之下，绿草一直笑意盈盈，
整个斜坡都被红色的三叶草铺满了，
潮湿的金色鹰爪豆在山阴装饰，
海上送来阵阵清风，
让这些花朵释放出芬芳；海上四片白帆
沐浴在阳光中来来回回，

大地与海天融为白茫茫一色。
阳光下，年轻的母亲幸福地四处浏览。
我望着母亲，望向兄弟的眼神意味深长，
兄弟在阿尔诺河畔开满鲜花的山丘上躺着，
睡在卡尔特修道院庄重的人头像柱下；
我依然在思考着什么，心中充满了疑虑，清风吹过，
从过去的幸福的时光中，
我再次深陷痛苦。
那些和善的形象已随时光而去，快乐也消失了。
房间因为月桂树被欢乐充盈，
垂下头透过窗棂去看那针叶的来来回回。

1880年7月3日

下 雪

铅灰色的天空中慢慢落下洁白的雪花，城中
不会再升起呼喊之声和生活之音。

辚辚的车声和菜市场的吆喝声已听不见，
年轻人爱情的欢歌也消失了。

从广场钟楼传来嘶哑的钟声，
如泣如诉，仿佛来自远方另一个世界。

不太清晰的窗玻璃遭到流浪鸟的撞击，
是朋友的灵魂回来了，回来看我，唤我回去。

亲爱的朋友们，很快了，很快了，不温驯的心，
“请保持冷静。”

我将要归于安宁，安息在阴暗的角落。

1881年1月29日

在罗马建城纪念日所作

你在百花争艳的四月被拯救，
我可以在山上看见你，
复活于罗慕路斯的犁沟边
斜眼看着野外的田地。

经过了几百年的神力，
你沐浴在灿烂、崇高的四月中，
你受到太阳和意大利的致敬，
我们的人民的弗罗拉[1]，或者直接用罗马称呼你。

假如在坎皮多利奥，不再

①弗罗拉是古罗马神话中掌管花和青春的女神，每年4月28日至5月3日的花神节，是为了表达对她的尊敬而设立的。

有安静的少女跟随教皇而来，
四匹马也不会就此屈从。

你这市场[①]的安静，
比各种声响和各种光荣都要强，
世间一切只要依然归罗马所有，
它就是文明的、杰出的、神圣的。

啊，罗马女神！谁若不知道你是谁
他一定孤陋寡闻、心理阴暗，
在他恶毒的心中有
粗鲁人的残暴在产生。

啊，罗马女神！我垂下头，
眼里噙着甜蜜的泪水，看着市场的废墟，
对于你随处散落的足迹心生敬仰，

①市场指罗马市场，原为古罗马市的市中心，神庙、祭坛、市场的诸多遗迹集中在此。

你是祖国、神和神圣的母亲。

因为你，我变成意大利公民，
因为你，我成为诗人，各国人民的母亲是你，
向全世界呼唤你的灵魂，
你为意大利披上你的荣光。

于是，你让自由的人
拥有同一个名字，它便是意大利，
人们归来，和你拥抱，
看着你鹰隼一般的眼眸。

在安宁的市场边的山冈，
你伸出洁白的手，
朝自由的女儿伸过去，
指向圆柱和凯旋门。

凯旋门希望新的胜利降临，
不再是国王，不再是恺撒，
不再是沉重的锁链，
不再是白色战车上人们的胳膊。

而是你们的胜利，意大利人民
把黑暗时代打败，把野蛮时代降服的胜利，
把恶魔打败的胜利，
你睿智的决断指引人们获得胜利。

啊，意大利，啊，罗马！这一日，市场
上空蓝蓝的，赞歌
荣耀，荣耀的赞歌
永远飘荡在无边的天际。

1877年4月22日—23日

有韵的诗与有节奏的诗

皮埃蒙特[1]

闪耀着动人光芒的锯齿形山顶，
一只小羚羊欢快地跳上去，
雪崩汹涌朝下，
发出震耳欲聋的声音。

可是在晴朗的蓝色天空下，
一只苍鹰安静地翱翔着，
缓缓地盘旋在空中，
郑重地往下落。

啊，皮埃蒙特！因为你，

①皮埃蒙特是意大利的一个大区，位于西北部，毗邻法国，都灵是首府。意大利的统一也起源于这一地区的萨伏依王朝。

才有了悠长的节奏，
从大河上传过来的，是像你一样杰出的
人民的史诗之歌。

它们是那么迅速、恢宏、丰盈地传来，
就如同你的若干个营，
在山谷间找寻
城市和乡村的荣耀。

恺撒式的城墙护卫，守护着
悠久的奥斯塔[①]，在阿尔卑斯山口
高耸着奥古斯都的拱门，
比野蛮人的城堡更甚。

红色的高塔，像仙境一样的
蓝色的多拉河和河湾交相辉映，
四周是阿尔杜伊诺国王的影像，

①奥斯塔是意大利的一个城市，瓦莱达奥斯塔大区的首府。

都是漂亮的伊夫雷亚的风景。

在山和绿色的平壤间，比埃拉
兴奋地眺望着富庶的河谷，
其武器和耕犁，还有斐然的成绩
都被大声赞颂着。

坚定不移的库内奥[1]，和蔼的
蒙多维和动人的山坡微笑对立，
人们欣喜于
阿莱拉莫的城堡和葡萄园。

跳动着喜悦的都灵
在阿尔卑斯山节日的歌声里沉醉，
这歌声来自苏佩尔加[2]，
建共和国的阿斯蒂也极其闪耀。

①库内奥是皮埃蒙特区的一座城市，也是库内奥省的省会。
②苏佩尔加是离都灵市不远的一个郊区的小镇，撒丁王之墓位于这里。

它骄傲于哥特人的洗劫和费代里科的
气愤，啊，皮埃蒙特，阿尔菲耶里[①]的新赞歌
为你唱响。

这位杰出的诗人，像一只大鹏迈步而来，
它闻名于这鹏，从这纯朴的国度飞过，
从这片黄褐色让人忐忑的国度飞过，
“意大利，意大利。”

朝着那些还没有适应过来的耳朵、
那些慵懒的心和呼呼大睡的灵魂，他大叫道。
阿尔夸的祭坛和拉文纳这样回答他：
“意大利，意大利。”

①阿尔菲耶里（1749—1803），意大利剧作家，在阿斯蒂市出生，一生共创作有二十一部悲剧，启蒙主义精神一直贯穿其中，对自由予以赞颂。1789年法国资产阶级革命爆发时，他正在巴黎，创作了《打倒巴士底狱的巴黎》的赞美歌，致敬巴黎人民的革命行动。

骨骼在这样的回声中发出清脆的声音，
悲催的半岛的公墓，
随处可见这些骨骼，
还包括武器和气愤。

“意大利，意大利！”死而复生的人们
高唱着战斗的歌曲；
一个国王面无血色、
慷慨激昂
把利剑拔出来。啊，奇迹就诞生在这一刻，
啊，是祖国的黎明，啊，这最后的光阴，
花团锦簇的五月的尾巴，
啊，凯旋之歌。

是意大利第一次获得成功的凯歌，
让我年轻的心灵都深受鼓舞！
头发花白，

我要在意大利最华美的季节唱响诗篇。

啊，我青年时期的国王，
漫长岁月里侮辱、哭泣的国王，
今天我要给你唱赞歌，
你经过时，手握利剑，身穿
基督徒的苦衣，意大利的哈姆雷特。
敌人逃脱了，
因为皮埃蒙特的武器，
因为库内曼和奥斯塔的激昂。

最后的炮声缓缓消失于
逃离的奥地利人身后。
国王迎着夕阳，
骑马走来。

胜利的呼声

响彻在飞跃的骑士中间，
他把一张折起的纸拿出来，
大声念给佩斯基埃拉[1]听。

啊，从心灵深处怀念祖先，
天上飘拂着萨伏依的象征，
众人一致高呼：万岁，
意大利国王！

红霞满天，胜利卓著，
伦巴第平原广漠；
维尔吉利奥湖像
新娘的头纱一样，
光彩夺目。

在爱人吻过来时揭开，

①佩斯基埃拉是离米兰不远的一个市镇。

他面无血色，纹丝不动，就这样坐在马上，

一直看着国王，特罗卡德罗[①]的阴影出现在他的视线里。

蒙眬的诺多拉对他翘首以盼，

离开罪大恶极的波尔多是最终的目标。

安静孤寂的

杜罗河滨的栗树林。

轰隆作响的大西洋两边，

是鲜翠欲滴的山茶花，

太痛苦了

被安放在静谧的地带！

重见天日，傍晚的阴暗中

国王身边有人

①特罗卡德罗是西班牙的一个重要关口，1821年西班牙革命时，大联盟远征军把这里给损毁了。

跑向前面。尼斯的
黄色头发的
在贾尼科洛山，
面对高卢人的欺侮，海员奋起抗争。
四周红光闪耀，烈焰灼灼，
意大利人血流如注。

在紧闭的双眸里，国王面前闪耀着一个火星，
慢慢划过一丝微笑。于是
有精灵从高处飞下来，国王
被死亡团团围住。

当着大家的面，啊，尊贵的皮埃蒙特，
昏睡在斯伐克特里亚和亚历山大里亚的人
桑塔罗萨 · 桑托雷①
把三色旗的清风带向人们。

①桑塔罗萨 · 桑托雷（1783—1825），意大利爱国者。1821年3月皮埃蒙特宪法革命时，担任临时政府战争部部长，后惨遭驱逐。

卡洛·阿尔贝托的灵魂
得到每个人，包括上帝在内的小心保护。
“先生，这就是国王，
“你这效力于国王的先生，国王因为你而难过。
“现在，先生。

“他已经先于我们离开了，我们也会面临同样的命运，
“上帝，为了意大利。报效祖国。
“在所有的战场上浴血奋战，
“为了还活着的人和死去的人。

“现在到时间了，
“为了将皇宫铲为平地的悲伤，
“为了荣耀、上帝，
“曾经，为了烈士、上帝。

“为了祖国、上帝，
“面对这激昂的、奋发的炮火，
“面对这快乐的天使荣光，
“由意大利人重新掌管意大利。”

1890年7月27日

致安妮[1]

啊，安妮，你的门关着，
我要献一束花给你，那花和你的眼睛特别像。

你看：激动的阳光微笑着和云朵亲吻，
还说："白云啊，快躲开。"

你听：白帆在山头呼啸的清风的照拂下，
还说："白帆啊，赶紧离开。"

你瞧：鸟儿离开潮湿的天空，朝花开正艳的桃树飞去，

①诗人通过这首诗回忆了在拉斯佩齐亚市约见年轻貌美的安妮·维万蒂的场景。

还唱道："红色的树，快快散发迷人的芬芳。"

永远的诗神不再驻足于我的思想，来到了
我的心中，还高喊道："衰弱的心，赶紧奔腾。"

在你像仙女一样的大眼睛里，温顺的心在
久久注视，还召唤："可爱的姑娘，唱起动人的歌声。"

1890年3月26日

阿尔卑斯山间的中午

阿尔卑斯山周围都是峭壁，
安静的中午
处处弥漫着清冷的气息，
在光秃秃的花岗石山岩，白得望不到边的冰川。

林立着松树和杉树，
阳光从它们的缝隙透过，
从石头缝流过的小溪发出微弱的琴声，
松杉专注地聆听着。

1895年8月27日

加比[①]小酒店的店主

山峰一片葱郁，清晨清新怡人，
整个杉树林都沐浴在温暖的阳光下。

鸟儿啾啾唱个不停，尼埃尔河谷
是小小的瀑布的终点。

房屋都是白色的。小酒店女店主
站在门口迎宾，酒壶里装满了动人的酒液。

一些我在武侠和爱情歌曲的梦境中看到过的人物
从山峰的峡谷间掠过。

1895年8月27日于加比

①加比是瓦莱达奥斯塔大区的一个小镇，位于伊西梅镇周边。

圣塔本迪奥[1]

风和日丽，
阳光闪烁，从深渊穿过，
阿尔卑斯山的雪熠熠生辉，
把人们的心窝照得暖暖的。

乡间农舍炊烟袅袅，
伴随着随风吹拂的植物
向蓝天飘去。马德西莫河
在绿宝石间穿行。山区的人们
身穿红衣信步而至，圣塔本迪奥[2]，
在你的节日上出席。人们对这河、这些白杉

---

①圣塔本迪奥是伦巴第地区的一个小镇。

②之前是一名牧师，后来他的名字成了小镇的名字，因为他是这个镇的守护神。

津津乐道。

内心是笑对山谷的吧？
安静吧，我的心；安静吧，我的心。啊，生命
转瞬即逝，世界如此精彩！

1898年9月1日于马德西莫河畔

在卡尔特修道院

金合欢的叶子在一片郁郁葱葱中格外显眼，
金黄中带有红色，一片叶子飘然而落。
轻轻摇晃着，
就像是有灵魂的。

潺潺流动的小河在银色的雾的笼罩下，
吞噬了那片叶。
公墓的杉树
为什么摇头轻叹？

在湿润的早晨，太阳忽然出来了，
飘荡在蓝色的天空和白云间。

小树林微笑着
一早料到冬天要来了。

啊，神圣之光，在冬天对我的灵魂造成威慑以前，
这是你的笑，啊，神光，啊，神圣的诗！
啊，父亲荷马，是你的歌，
我早已被阴影包裹！

1895年11月16日

乔祖埃·卡尔杜齐生平及作品年表

1835 年　出生于韦西利亚，父亲是医生，秘密革命团体烧炭党的成员。

1849 年　全家迁居佛罗伦萨，卡尔杜齐开始接受正规教育。

1857 年　第一本诗集《声韵集》问世。

1859 年　与埃尔维拉·梅尼库奇结婚。

1860 年　被推荐到博洛尼亚大学主讲修辞学。

1863 年　著名长诗《撒旦颂》完成并发表。

1868 年　诗集《青春的诗》《轻松的诗和严肃的诗》出版。

1871 年　加入了君主立宪派的行列，当选为意大利王国议会参议员。

1878 年　他的文学声誉博得女王玛格丽塔的青睐，《致女王》一诗就是写给意大利王后玛格丽塔的。

$\frac{1861}{1881}$年 诗集《新诗抄》完成。

$\frac{1877}{1889}$年 诗集三卷《野蛮颂》完成。

1890 年 当选为意大利议会终身议员。

1899 年 诗集《有韵的诗与有节奏的诗》(1887—1898)出版。

1901 年 被提名为诺贝尔文学奖候选人。

1906 年 凭借作品《青春的诗》获诺贝尔文学奖。

1907 年 2 月 16 日卡尔杜齐与世长辞，身后有《卡尔杜齐全集》20 卷。